# 作者介紹

## Nicole Tam

曾經是個舞蹈員，也曾開店教授手作，可惜夢想未能延續下去，為了將來工作有穩定的收入，投身「打工仔」的生活，真的有點不習慣。在我心灰意冷的時候，我在書店看到一本書，書名是「不去會死」，講述一個日本人用腳踏車環遊世界七年的生路歷程，看完這本書後就下定決心，一個人獨自上路環遊世界冒險一次。

那時我是一個沒有踏出過亞洲以外地方的小女生，自己去旅行也沒試過。加上先前花了錢在小生意上，戶口餘下的錢不多，要自己一個人去環遊世界，似乎是沒可能的事。在手作店生意結束後，我在一間女裝店當售貨員，戶口由零開始儲起，下定決心兩年內儲十萬元出走。加上無意中給我發現了一張「環遊世界機票」，電台又正播放着有關背包客的流浪經歷，我就慢慢跟着上天給我的指示，開始一步一步實現自己這個夢想。

開始準備這個環球大旅程時，心裏滿是害怕，身邊沒有朋友可提供背包客的經驗，我也只好在網上查資料，看背包客遊記。剛聽到背包客這三個字的感覺是…要站在高速公路上等順風車、露宿、每餐吃不飽、衣著像個乞丐、頭髮凌亂等等，但實際呢？我這一年的旅程也算是不錯，沒有以上情況那麼糟糕。

# 前言

　　環遊世界可說是每一個人的夢想，說到這個話題，大家最先會想到的是時間，金錢和安全。這本書紀錄了我在 2014-2015 年期間，差不多 1 年的環遊經歷，令大家知道環遊世界並不需要花太多錢，付出的時間絕對是值得的，一個女生也可以安全地遊走南美洲。

　　回港後一直工作和上學，沒有時間把書整理好，直到 2017 年才有空閒整理出書。

　　很想把我的經歷和感受用文字分享給大家，我很喜歡出走當背包客的感覺，自由自在去遊走一個個國家，去發掘有趣的景點。

　　在香港的書店，旅遊書籍大多只會介紹日本，韓國，東南亞等地區，藉住今次的經歷可以分享到南美洲，歐洲，澳洲和新西蘭等共 22 個地方的旅遊資訊。

　　準備好就打開下一頁，一起向世界出發，跟我一起出走世界！

# 序

　　認識 Nicole 因為我是她中四班主任和英文老師。印象中，她運動會時做喇喇隊，跳舞很投入。後來她去了迪士尼當舞蹈員，臉書中常見她盛裝之下的舞蹈照，厚重道具壓着她細小身軀，巡遊中她扮演小蜜蜂或小仙女。真佩服她，炎炎夏日，為了興趣和夢想，辛苦中依然面露專業的笑容。不久又知道她環遊世界的計劃，為師當年想做而未做到的，她完成了並且出書分享心得，我深深以她為榮。

　　讀她的遊記，最感動人心的部份，初段在於她分享籌備工作和節衣縮食的心路歷程；中段在於她離開某國家時的反思及總結；末段在於她的體會，從景點文化的了解，提昇至對民族性及人性的洞悉。在遊歷中，她練得一身好本領，豐富了求生技能：包括財政管理及行程規劃。別人職場上多年歷鍊，她一年達致。更難得的是，半強制的環境下，她學會了觀人之術，鍛鍊了意志，並在旅途中與人互動的過程中，找到了自己。回港以後，任何一個行業都難不到她，而驅使她當初豁出去，藏在心中的一團火，仍在燃燒；雖未至爐火純青，卻已可調可控，收放有度。

　　我了解她，因為我是過來人。1981 年我曾辭去中學教席去歐洲流浪，在倫敦和巴黎的華人餐館打工，亦在諾曼第唸法文，騎單車在法國 Loire 古堡區漫遊，在歐洲節儉遊歷和學習一年多才回港。我對法國的體會和作者不同，我認為她未有深入了解法國的浪漫，但共通點是：我和她都是《節衣縮食、儉樸旅遊》的過來人。

　　我的旅遊歷鍊，令我無懼日後轉工、進修、留學、移民、回流、兼職、待業、投資週期盛衰等等生命歷程。我已年過六十，退休數年，但和 Nicole 一樣，我的心中仍有一團火，我仍然參加 100 公哩毅行，馬拉松，並正在練習騎單車環臺。我仍然堅持《儉樸旅遊》這宗旨，

我不要困在郵輪上跳舞睇表演，我喜歡貼近地氣的深度旅遊，花最少的錢，換取最豐富的體驗和了解當地民生。

我期望 Nicole 環球一年的歷奇經驗，能夠挑起你心中的一團火，幫助你豁出去，有勇氣，有步驟地去實踐你的夢想。誠意推薦這本書，希望多些人看完這本遊記，也認同其中理念，為安逸享樂的生活，添加多一點歷奇的元素。

**黎世光**

**黎世光簡介：**

黎世光先生為資深中學教師，退休教育心理學家，現時兼任教育大學客座講師。熱愛旅遊和攝影，亦愛多項運動，包括：長跑、遠足和潛水。

# 推薦序（一）

　　很榮幸有機會為作者寫推薦序，回想當初認識作者時只覺得她是一個 "嬌滴滴，傻乎乎" 的女生，有時候看到她慌失失的模樣，真的不敢想像她如何一個人去流浪。當初她跟我說要一個人環遊世界，我心想：真的可以嗎？但作者的行動告訴了我，"她真的可以！"

　　想起由最初我很擔心，到每日期待作者的遊記，我知道我的憂心是多餘的，看着她每天分享的所見所聞，就像跟她一起出走一樣，亦漸漸成為我的生活習慣。作者的經歷令我感受到追尋夢想其實可以不受限制，只要你願意大膽嘗試，得到的相信比想像中多，就讓我們跟着作者一同追夢吧 :)

雲

# 推薦序（二）

　　首先感謝作者的邀請為書寫序，想到這小妮子連郵票用水便可以黏貼也不懂，每天都常常爆出奇怪好笑的經歷，一聽到她要衝出香港環遊世界，我真的快要心臟病發！由起初擔心她會遇上古怪叔叔，到後來終於放下心頭大石，閱讀她每天放到臉書上的遊記，久不久收到來自世界各地的名信片，的而且確當初的憂慮是無謂的。她追夢的經歷漸漸成為了婚後移居瑞士的我面對每天生活文化轉變的鼓勵。讀着這千呼萬喚始出來的遊記，看着從前每天在 whatsapp 上聽到的怪事都記在這書上，不禁令我會心微笑。Nicole，恭喜你出書了！在此，把這短短的序獻給我這個全職追夢的好友以及正在閱讀的你，人生苦短，去過自己想要過的生活吧！

泥沙

# 推薦序（三）

　　我是在作者完成環遊世界後才認識她，當初聽到面前這位嬌滴滴小女孩獨自踏足各大洲去遊歷簡直是不可思異。後來看到她在臉書上的遊記，記錄着她在世界各地一邊旅行，一邊生活，與當地人互動中得到的所見所聞。一個個有趣的旅途故事和手繪作品都吸引着我追看落去。環遊世界從來都不是件簡單的事，作者書中提供的事前準備 tips 和留意事項卻是非常實用，相信適合每個同樣有着環遊世界夢的初哥！

輝

# 目錄

## Contents 目錄

# 環遊世界路線圖手繪版

第一站
澳洲

悉尼

墨爾本

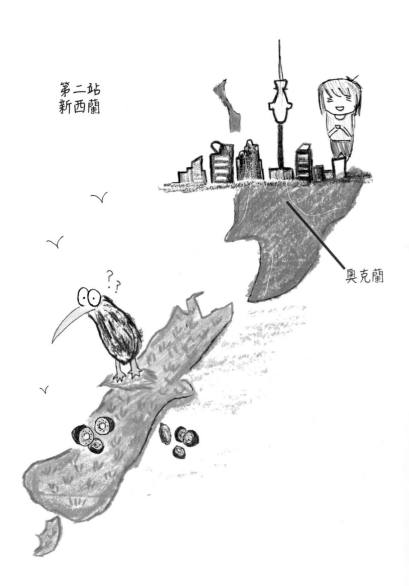

第二站
新西蘭

奧克蘭

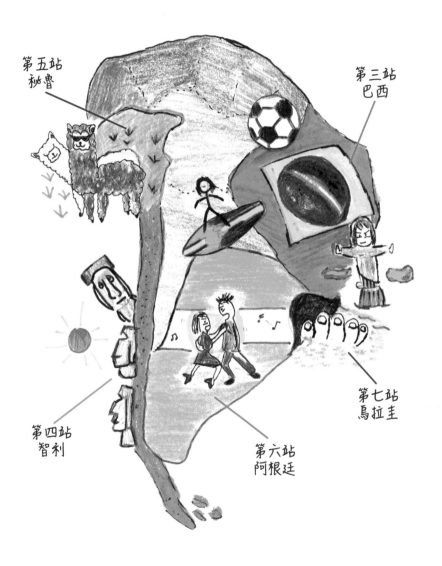

第五站
祕魯

第三站
巴西

第四站
智利

第六站
阿根廷

第七站
烏拉圭

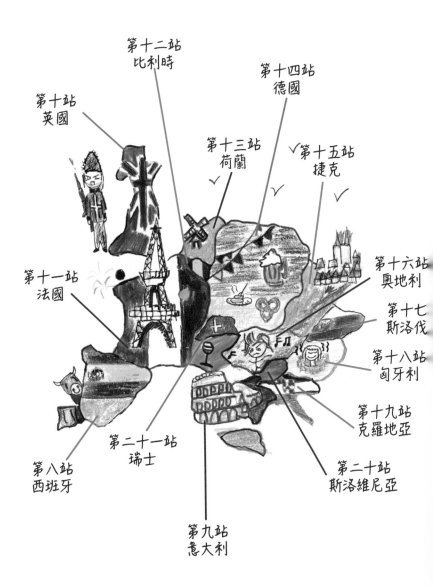

第十二站
比利時

第十四站
德國

第十站
英國

第十三站
荷蘭

第十五站
捷克

第十一站
法國

第十六站
奧地利

第十七
斯洛伐

第十八站
匈牙利

第二十一站
瑞士

第十九站
克羅地亞

第八站
西班牙

第二十站
斯洛維尼亞

第九站
意大利

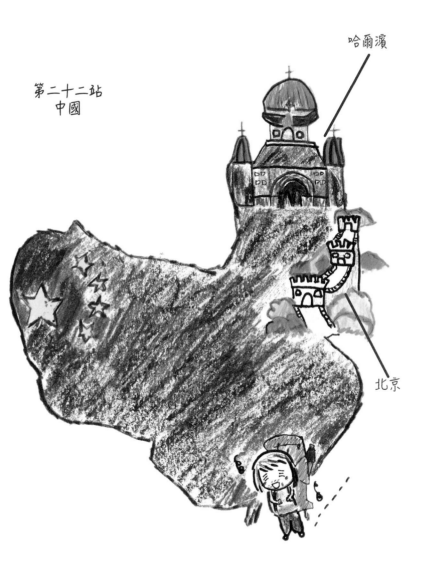

哈爾濱

第二十二站
中國

北京

# 出發前準備

朋友贊助、收集旅行物資

一直為這個環球大旅程忙碌和擔憂，直至 2013 年 9 月買下環遊世界機票，出發日子是 2014 年 2 月 8 日。

家中沒有可用於長途旅行的物資，起初沒有抱太大的希望有朋友贊助（誰會願意贊助我去玩啊？），誰料在收集物資時比想像中還要多，相機、睡袋、藥包、萬用刀、雨衣、防水鞋、電筒…等等。

大家也很關心問我還有沒有其他需要時，我感動得偷偷的哭起來，告訴自己我一定要完成整個旅程，平平安安回到香港，不要令大家失望，要有命回來寫一本書，分享經歷，答謝大家的支持和鼓勵。

出發前申請了信用卡，旅行用的提款卡，還要購買旅行保險、清稅和打預防針等各樣東西，心情擔憂多於興奮，真的不明白何解其他背包客可以很瀟灑，說要出走就可以立刻起行！

此外，我每天午飯時間也會看旅遊節目《世界那麼大》和練習西班牙語，我畢竟沒經驗，出發前就是那麼緊張，那是一年的旅程啊！中途不會回港啊！

我在第一站澳洲和第二站新西蘭的路邊擺地攤售賣小手作，賺少許旅費。

擺地攤的地布和小鐵架也很重，寄倉的行李一共加起來是二十一公斤！

我當時的體重是四十四公斤，迷你版身型加上巨型大背包，在背後是看不到我的頭，只看到我兩條腿在走動，有點像烏龜。

# 環遊世界機票

　　我今次的環球旅程是用「寰宇一家」環遊世界機票，這張機票是在一本台灣旅遊書看到的。

　　我選的機票價錢連稅是 HKD$45000 左右（2013 年價錢），可以到澳洲、新西蘭、南美洲和歐洲等國家，飛行路線自行規劃，機票也有很多條款規定，例如：

　　一定要由東面出發，西面回來（例：第一站澳洲＞新西蘭＞南美洲＞歐洲＞中國＞回港）

　　或西面出發，東面回來（例：第一站中國＞歐洲＞南美洲＞新西蘭＞澳洲＞回港）

　　不可以中途回港，除了轉機外，也不可以重複去同一個國家，因為環遊世界機票原意是「環繞地球一周」。

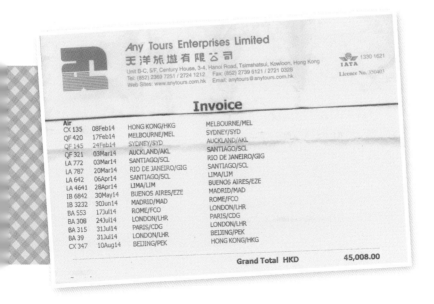

我花了一段時間去研究，最後找到一間香港旅行社可以代辦這張機票。我買的經濟客艙機票價錢可連續飛行十五次，當中要包括從香港出發和回程的次數，用環遊世界機票比較多限制，在一年的環球旅行中有很多變數，雖然機票的時間和日子可出發後更改，但每次要聯絡上出辦機票的 Agent，各國家又有時差，有時候未能及時回覆，回覆結果可能是沒有合適的日子，所以買之前要三思。

開始規劃路線時很亂，我打開世界地圖，圈出自己想去的國家和地方，未曾出過國的我，想去的地方實在太多了！全世界大大小小的國家多達二百五十個，規劃行程時要在當中選出二十多個國家出來確實不是容易。有些地方太冒險就沒有選擇，反正地球不會走，有些國家可留待下一次去。

我主要選的都是大城市，旅遊資訊比較容易找到。其中南美洲的旅遊資訊比較冷門，在香港書店只找到兩本南美洲的中文版旅遊書，日本和台灣的旅遊書卻很多，四出搜索之下才找到一本南美洲中文版的 lonely planet，在網上的南美旅遊資料大多也是 2010 年之前，我還是有抄下來，到達當地後再找資料。

根據環遊指南的建議，考慮到各地天氣和自己身體健康的問題，我是選擇跟着夏天走（由東面出發，西面回程），旅程大部分的日子也是夏天，中間也會遇到秋天，最後兩個月才是冬天，這樣方便的是不用帶太多衣服，而且我是比較怕冷，夏天的路線比較適合我。

# 背包旅行必備物資

## 1. 護照

我帶了兩本護照，一本是香港特區護照，一本是 BNO。聽說在南美洲去玻利維亞時用 BNO 入境機會比較大，而在歐洲用香港特區護照比較方便，也曾試過用香港特區護照在歐洲申根國家逗留超過半年，因怕被趕出境而轉換了用 BNO 出境。為免遺失證件，可準備各證件的影印本放在一個防水膠套裏，出發前也可儲存備份在電郵。

## 2. 歐元 / 美金

長途旅行去的國家太多，總不能帶着各國家的貨幣，現金我只會在當地用提款卡直接提取，帶少量歐元或美金已足夠，兩者在世界比較通用。

## 3. 信用卡 / 提款卡

國際通用的信用卡，方便訂網上旅館和火車票。我是申請花旗銀行國際提款卡（Citibank），全球大部分提款機也可提款而不收額外手續費。出發前開海外提款功能和設定每日提款上限，記下緊急海外支援電話，各卡上號碼和日期，即使遺失卡時，也可以避免戶口的錢被動用。

## 4. 機票

除了一份影印本，可儲存一份在手提電腦或電郵。

## 5. 各國家的簽證

香港特區護照的好處是很多國家也不用簽證，在旅途中我只是需要澳洲簽證，其他國家像中國內地和台灣，去很多國家時也需要辦簽證，要付上費用和時間，所以香港人是幸福的。

## 6. 旅遊保險

基本上當時沒有一年的旅遊保險，Working Holiday 的旅遊保險才有，我只是買了半年的旅遊保險，其餘半年幸好也沒有意外發生。

## 7. 預防疫苗（針卡）

在遊非洲、南美洲、中美洲國家時，入境可能有需要出示針卡證明，如去南美洲要打黃熱病針，香港衛生處的網頁可找到打預防疫苗的地址。在我針卡記錄上，出發前打了三種預防疫苗，都是醫生建議的，包括黃熱病針、甲型肝炎、破傷風針。

## 8. 救急藥包

除了基本胃藥、頭痛藥、感冒藥、退燒藥和止肚痛藥等等，別忘記帶喉嚨痛的藥，肌肉酸痛藥貼和蚊怕水也是必備，小小的紅色萬金油也很有用。推介用澳洲萬用的木瓜霜，止痕割傷燙傷也適用，在萬寧有售。如旅行中會爬山露營更需要一些護理傷口的藥包。

## 9. 衣服

因應國家的天氣準備，長途旅行可帶一條多功能的鬆身跣水長褲，有多個口袋和拉鏈，在夏天可以把褲腳拆開，冬天可穿一條打底長褲在內保暖。當到治安較差的國家時候，可把地圖、細相機和錢包也放進長褲的口袋裏，不需要再帶手袋外出，減低被小偷成為目標的機會。也可帶備一件有帽和有口袋的薄外套，用斜肩袋和掛頸袋時，外面再穿上一件鬆身外套拉上鏈，也可防盜。衣服應選質地較好，耐穿快乾的運動服。

## 10. 普通小錢包

不要把所有信用卡或身份證放在同一錢包裏，不需要帶名牌的錢包，帶備一個不起眼的普通小零錢包，信用卡等應分開擺放。

## 11. 保鮮袋

保鮮袋是在長途旅行中非常有用的東西，不但防水，也可以把衣服放進去，把多餘空氣擠出。

## 12. 針線包

長途旅行中很多東西也用得破破爛爛，針線包是必需的。

## 13. 白紙

小型筆記本，有時候當手機沒電時很有用，也可記下各車站名稱，在買火車票時不懂唸車站名，可用紙筆寫給當地人看。

## 14. 密碼鎖

中型小型的密碼鎖也需要，特別外出帶背包時，可把背包上鎖，小偷特別會在人多的火車或扶手電梯打開你的背包，加一個小型密碼鎖比較安全，雖然每次拿東西帶來不便，但安全第一。

## 15. 皂盒

長途旅行中用肥皂比沐浴露更省錢，更輕便。肥皂可以用上一個月，但小支裝沐浴露比較貴，而且很重，用量只是十多天左右，如擺放不當，液體流出容易沾污背包。

## 16. 別針

有很多時候洗好的襪子還沒乾透，就要退房去下一個目的地，我會把襪子用別針掛在背包上。

## 17. 防水袋

防水袋應該是每個背包客必備的東西，分別有不同的容量，去浴室時可用來裝衣服或貴重物品，如相機，以免留在房中被偷去。

## 18. 速乾毛巾

歐洲的天氣比較乾，用速乾毛巾大約幾小時己經乾透。而且比較輕便，方便攜帶。

## 19. 摺合衣架

可以把衣服掛在窗戶旁，快點乾透，摺合衣架可在淘寶網店找到。

### 辭職準備和清稅

因為離開香港不工作一年，我出走前向稅局申請清稅，旅行時就不怕拖欠稅項。

離職後親身到稅局申請清稅，稅局會寄一份證明文件去工作公司的地址，要待清稅手續確認後，就會發最後一個月的工資給你。

# 如何儲錢？

我在女裝店打工的工資不算高，所以很努力用盡各方法去儲錢，每月能省下八至九千元，不去吃喝玩樂、不買電子產品之外，還要在三餐方面省錢。早午晚三餐也是自己煮的，很少到外面吃飯，每月出糧後，就到超市買入一堆雪藏的肉餅、丸子、包點、餃子和罐頭等等，我當時一整個月的早餐／晚餐，加起來大概只是二百至三百元港幣（全是雪藏點心麵包麵條等）加上每月交通費約七百元，即是每月必要支出約一千元，另外每個月也有預算到「飯局錢」，預三百至四百元，雖然很窮但也很少拒絕朋友出外吃飯，今個月用盡了，就約下個月。交通費要計算好那一條上班的路線最划算，買好月票。

可能因為這樣省錢，身型變得瘦和虛弱，我的同事 Emma 經常買東西給我吃，有時候外賣會多叫一個菜，故意留給我，或把小食偷偷放在我的儲物櫃，現在想起來也覺得感動。

另外為了去南美洲，需要預算學西班牙文的學費。先前是自己租屋，後來為了省下生活費用，便搬回家跟爸媽一起住，生活費每個月約用一千六百多元，包括跟朋友出外吃飯，買自己喜歡的東西，如化妝和護膚品等也足夠的。我也是個喜歡跟上潮流和愛美的女生，喜歡買有牌子的東西，但在這段儲錢的期間，我每季只是買幾件衣服替換，和幾件比較大方得體的裙子出外跟朋友吃飯時穿，或出席朋友婚禮時穿。

電子產品我確實興趣不大，在這方便更可以說零支出。我的iPhone 4就由面世開始，直到去完環球旅行後還在用，已經五年了，幸好在旅途中沒有壞掉，不用花錢買新的，但就是打字慢得要命，三至四秒才打出一隻字，在香港應該只有我一個才接受得了。（現在已經轉了iPhone 7，會挑戰用六年哈哈）

出發前在煩惱需要花錢買一部小型平板電腦時，竟然在公司的周年聚會中，抽中一部蘋果iPad mini，真的不敢相信連老天爺也替我省錢！

手提電腦比較重和不方便，我選擇帶小型平板電腦。我買了一個讀卡器，把數碼相機的相存入iPad裡，上存上網也很方便。在外地的青年旅館，有時候用電腦上網要額外收費，或沒有插USB的位置，而且我所去的大部分國家電腦也不是用英文，轉中文還會亂碼，自行帶備電腦／小型平板電腦會方便一點，不過現在的相機已經有WiFi功能，旅行時上存照片也不再需要讀卡器了。

# 初到澳洲篇

# 墨爾本與印度怪客

第一站是墨爾本，我主要在市中心街頭賣手作，沒去太遠的地方。

在墨爾本街頭有很多華人，即使第一次出國，環境也不感覺陌生。到步是星期日，街上所有店也關門，而且商店不像香港有很多大大小小的彩色廣告牌，要走到門口才看到門牌，下車後找了三十分鐘才到青年旅館。從香港冬天出發，到達夏天的墨爾本，還穿着長褲和外套，背住二十一公斤的背包，下車走三步已經全身濕透…。

第一次住青年旅館感覺不錯，我住的房間是分上下格床，跟三個來自法國、瑞士及英國的男生們同房。屋主也很熱情，可惜隔天客房已滿了，要轉到別的旅館。乘了十多個小時的飛機，我立刻洗澡和洗衣服休息，醒來後就上網預訂下一站旅館，慢慢開始背包客的旅程。

香港街道有很多廣告牌

澳洲只有藍天白雲

\* 澳洲第一站的 Hostel，
Collingwood，Melbourne

第二天離開，到市中心另一間青年旅館。這青年旅館距離市中心車站只有五分鐘路程，我卻花了半小時才找到，還走到老遠問路人。似乎每次找旅館也很花時間，當時手機沒有電話卡，也沒想到用 GPS。

旅館 WiFi 要另外收費，澳洲竟然還未流行免費 WiFi。我把我的手作賣了，賺了錢才去買 WiFi 卡。儲物櫃也要額外收費，感覺到澳洲的物價很貴，而且這裡的青年旅館龍蛇混集，感覺不良。

幸好廚房有意粉和白米免費供應，基本的廚具餐具和雪櫃也有。

青年旅館門外有一個 City Circle 的車站，提供免費觀光電車服務。圍繞墨爾本市中心一周，上車下車不用拍卡，非常方便，車費一毛錢也不用花。在墨爾本大多的時間也是在市中心街頭賣手作，在賣手作期間遇過最奇怪的事，就是有一個印度籍的男人，手指頭是黑色很骯髒，說自己是廚師開餐廳，我跟他談了一會，他就毫不客氣地坐下來，當他一坐下來，攤檔就沒生意了！還開始引來蒼蠅！！

心想：（嗯…呀印度廚師不如你返去煮咖喱）

於是我用「沉默是金」的方法趕他走，完全不跟他談話，但卻沒有阻擋他對我的熱情，他約我明天早上在同一個地方等，說會親自煮早餐然後帶給我。

　　我半信半疑，到第二天我又去同一個地點擺地攤，那印度籍真的帶了早餐來，是一包未開封的冬甩，和一樽未開封的橙汁（應該沒有下毒吧），那是在超市的特價貨，不是自己煮，奇奇怪怪…怎樣也好，我也真的多謝這位印度籍的免費早餐。接着他再約我4:00pm 在同一位置等，說什麼上他的家，當然今次我待他離開後，我也立刻離開走人。

印度怪客

# 房間裡的臭孤山

（悉尼.17 Feb 2014. 時差＋2HRS）

這座山不但止臭，還是小強的家，間中看到牠們一家人出出入入…

到步悉尼，最壞印象就是青年旅館這座山，本應我睡在另一面，心想：誰要睡在這個人上面？（上格床）

不知道上天是否想考驗我，隔天旅館的老闆說沒有床位，只餘下臭孤山的上格床，我被迫要睡在上面。

最可憐是下面臭孤山的主人是個美國人，每天不洗衣服，穿完就掉在一旁，出門就從那堆衣服中隨便抽出一件，然後不停噴古龍水，每次噴足三分鐘，每天噴五次，我差點暈了！

有一天早上我被臭醒，忍不住跟老闆說，幸好老闆答應明天替我轉房間，最後一晚那個美國人還在下格床不停把床搖呀搖，又不停噴古龍水，我快要瘋了。除了這個美國人，對面床又有一個怪人，應該是印度籍，經常在房裡來來回回，走來走去，大概是每走兩米又掉頭，每走兩米又掉頭，有一次我中午一時睡到下午三時，醒來的時候還見到怪人不停走來走去（是否已走了兩小時？）

還試過在走廊來來回回，要知道走廊已經是紅色牆，很恐怖呀！

美國人

臭狐山

每天不斷來回行走的怪人

# 裝韓國人差點被揭穿

在澳洲悉尼擺地攤賣手作期間，遇到一位台灣男跟我聊天，當時不知何解不想被人知道自己是香港人。可能是第一次出國想保護自己，不想告訴別人自己的身份，當被台灣人問到國籍時，我隨便答了「Korea」，裝韓國人最醜是連一句簡單的韓文也不懂，平常我也不看韓劇。

說到這裡，突然殺出兩個韓國人，還想買我的手作，而當時這台灣男還沒走，誰料台灣男懂說簡單韓文替我招呼客人，那時我真的想找個洞埋了自己，最後兩位韓國人買了東西，我還不懂用最簡單的韓文說多謝。

台灣男是來澳洲工作假期，在唐人街擺攤表演魔術的。在兩位韓國人離開後，我還很白癡地說我不是在韓國長大，只是媽媽是韓國人等的爛藉口，他卻沒揭穿我，還給我卡片和交換Facebook，我把我的旅遊專頁給他。過了一會，嗯…我忘記我的旅遊專頁說自己是香港人呀！

隔天我去唐人街擺擋時突然在遠處看到他，為了不想再度丟臉，我轉身抬包袱走了。

除了這丟臉的事和上回的印度怪客，也有遇到突然給我一大堆硬幣而不用找續的男人，似乎想靜靜做生意也非容易的事。

**澳洲遊感想：**

今次只去了兩個主要城市墨爾本和悉尼，也有到郊外藍山，第一站主要擺賣手作，沒去太多地方觀光。當中也有認識到一些香港獨遊的女生，青年旅館的質素沒有想像中好，我去的時候墨爾本街頭還要有很多很多很多蒼蠅，物價不便宜，如果要再去一次，會選擇遠離城市的郊區或近海岸的潛水勝地。

**小趣事：**

　　外國超市很流行售賣氣泡水，包裝跟普通蒸餾水一樣。有時候沒留意買到有汽的水，回去途中可能搖擺得太厲害，一開蓋（嘶！！！！），噴得我整臉也是水，我買的還要是大支裝，旁邊的路人看到後笑個不停。其後第二天又把水倒進一個摺合的運動水樽，放進背包裏，因氣壓關係加上淘寶貨，走到半路突然「Pop一聲！！！」，水樽爆了！相機護照也濕透了！從此以後我買水的時候也特別留意有沒有含氣泡。

# 抱抱大自然新西蘭

# 天堂級的青年旅館

（奧克蘭．24 Feb 2014．時差 +4HRS）

我在悉尼乘飛機去新西蘭時，在機上認識了一個菲律賓籍學生。他是從香港旅行後再乘飛機去奧克蘭讀書，起初以為我是日本人，在機上也很照顧我，很羨慕別人可以去到新西蘭這個天然淨土留學呢。

新西蘭入境是非常嚴格，此行環球旅程中入境最嚴格的國家，我帶了麵包和餅乾也需要填表，不申報會被罰錢，只要在申報紙剔上帶了什麼食物入境就可以。我在機場逗留了一個鐘，又碰回菲籍男孩，交談了一會就要說再見了，之後我去了機場的沐浴間洗澡，幸運地拾到一支沐浴露，我流浪最珍惜的東西莫過於「免費日用品」。為了節省一晚住宿費用，我在機場麥當奴快餐店的梳化渡過了一晚。

今次行程訂了 Auckland YHA 青年旅館，所有設備也很齊全，非常乾淨整齊，簡單是天堂啊！環境清靜之外，還有一個很大的廚房，基本廚具，攪拌機也有，所有煮食醬料也不用買，碗碟也很乾淨，公共空間有很多枱及椅，不用再坐樓梯打遊記了！聽上去是很簡單的東西，但對一個居無定所的背包客來說已經是五星級了！我住的是女生四人房，跟一個法國婆婆和越南女生同住，我還入會做會員，送了免費 WiFi（當時的 WiFi 是要收費）。

Copy by YHA website

# 被導遊收留了一晚

　　我跟同房的越南女生交了朋友，她的越南朋友剛好在奧克蘭當導遊，我們就一起參加了奧克蘭一天團。

　　前一天跟 Hyde 遊覽城市，Hyde 是我舊公司同事的朋友，在新西蘭出生，會說廣東話，很感謝她帶我周圍遊覽。新西蘭盛產蜜糖和奇異果，當地有一種鳥也叫 kiwi，嘴巴很長很尖的，所以紐西蘭人也稱自己來自 kiwi，此外牛扒和紅酒也很出名，這裡也有很多酒莊。我去過當地一個蜜蜂工場，有很多不同口味的新鮮蜜糖可以給遊客試食，最受歡迎的是 Honey & Lemon 味道，在香港也可以留意到新西蘭的蜜糖價錢比其他國家貴。

多款蜜糖試食

朋友的小狗

最受歡迎的味道，可惜當時沒有貨了

第二天我跟越南女生上山下海繼續周圍遊覽奧克蘭，我最喜歡的是懷塔奇爾市 Lake Wainamu，導遊要我們從小溪脫鞋走過去（不是吧！那是泥路！），我滿害怕會踩到什麼生物…

出走應該要親親大自然，來！脫吧！

小溪

黑色沙丘和後面的越南女生

果然沒有騙我們！溪水非常清澈！黑泥裏面有很多礦物質，即使走完整條「泥路」，腳也很神奇地不會沾上黑泥，還感覺到皮膚滑了。穿過小溪，見到黑色沙丘，可以從高處滑下，沙丘的沙非常滑，難以向上爬，我跟越南女生嘗試鬥快爬上沙丘頂，在陽光下黑色沙丘一閃一閃發光，這個地方很舒服啊！

另一個值得去的地方是 Bethells Beach，我去了近奧克蘭城市五至六個沙灘，最美是這個。

Bethells Beach

在出發前我跟越南女生和導遊說，這個團結束後，我不用回去旅館，把車停在碼頭讓我下車，碼頭有椅子和洗手間，我會在那裡露宿一宵。新西蘭物價比澳洲貴，我不想花太多錢在住宿上，反正新西蘭也很安全，找個地方露宿好了。

晚上車子經過碼頭，但車並沒有停下來，也沒有讓我下車，這時候導遊跟越南女生用越南語聊了一會。我問導遊去哪裡，原來導遊也是租房子的，正想收留我一晚，他其中一個室友是個女生，問我介不介意跟他的女室友一起 Share Room，這…令我十分不好意思啊！還要很細心替我聯絡上他的女室友，不用露宿還可以有地方洗澡，充電，真的不知道如何報答他！同房的女生也非常好客，我連忙道謝她，我躲在一角睡覺，不敢佔太多位置，外地人就是這樣熱情好客嗎？能遇上這樣的導遊真的很幸運！

# 獨木舟上小便

從奧克蘭碼頭乘了四十五分鐘船就到了 Waiheke Island，這個島距離就像從中環去長洲，島大約有三個長洲大，島上有很多有錢人居住。

下船後我沿着沙灘走，走到了划獨木舟的地方，我是在碼頭旅遊中心報名的，學生只有三至四個。

來划獨木舟的原因，也受「不去會死」的作者影響，看到書中作者提及到在環球旅程中，在加拿大的育空河（Yukon River）划獨木舟，釣着樽魚看星星，很會享受，所以我也來試試學划獨木舟。

初學獨木舟不難控制，獨木舟不會反艇，也沒可能掉下水，不懂游泳的我也不用擔心，只是學一下怎運用船槳就可以，教練只教了三分鐘怎運用船槳就出海了。

（我以為第一次在岸邊玩下就算了，真的會出海）

獨木舟有前後兩個座位，教練就坐在我後面，我跟教練一起划出大海，半身坐起水中感覺很有趣。

穿過大大小小的山洞，划了一個鐘，到了島的另一面停下來，我們在沙灘享用茶點，可能划獨木舟出了很多汗，我喝了三杯果汁補充能量，然後坐在岸邊休息。

住在這個島的人很是幸福，沿岸都是海灘，方便出海玩水上活動，在岸邊呆坐一天看風景也不會厭，看到當地人的臉和笑容很會享受生活似的。休息過後又上回獨木舟，教練繼續划，應該是想環繞整個島然後回去，但我不知道是否喝太多果汁，我開始有點急小便…心想（快點回去好嗎？）

因為坐獨木舟的姿勢是伸長腿，這樣坐有點壓住肚子的位置，這使我更想快點去廁所！最糟糕是教練隔了一小時也沒意識要回去，還停在海中心飄呀飄，一直聊天，我這下子忍到肚痛！

結果…我在回程的時間…不小心解放了，幸好獨木舟的前後兩個座位不是相通。

獨木舟上小便，
幸好前後座位不是相通……

**新西蘭感想：**

　　新西蘭這個島真的與世隔絕，給我感覺是「無添加・零污染」的國家，很遺憾沒有到南島，那邊風景名勝，戶外活動比較多，我很想逗留多三星期，但 Agent 說下一站的巴西機票改不了日子（因近巴西嘉年華）。我很喜歡新西蘭人，他們特別有人情味。他們的國家地理位置很偏遠，所以新西蘭人去旅行是很不方便，大多也是在自己國家旅行，希望下一次可以到南島遊歷，享受大自然。

# 挑戰南美洲一
## 踏進巴西國土

# 遺失行李之欲哭無淚

南美洲是距離香港最遙遠的地方，在地球的另一面，時差約十二小時，也是最接近南極的大洲。

在奧克蘭機場過了一晚，轉機到智利再去巴西，體力已經開始透支。

下機時是下午六時左右，天入黑了，我要盡快到達旅館，今次訂的旅館位置比較偏遠和危險，要乘巴士再轉車，花上三小時才到（在巴西嘉年華期間，所有近市中心的旅館已經客滿，只好住遠一點）

下機等行李的時候，等了很久也看不見我的大背包，我所有東西也放在裡面，直到輸送帶停下來，我心臟也同時停下來。

不是吧…我不需要這個考驗！

走到櫃台，剛好同機有幾位跟我一樣從智利轉機再去巴西遺失行李的客人，幸好職員懂英語，「我的行李在哪裡？」

職員：「我也不知道，先排隊填資料吧。」

我勉強排隊填了一張遺失行李申報表，填上旅館地址，我有想過不離開機場，等到行李送回來，因為我住的地方是比較落後的鄉村旅館，我很怕行李送不到過去。職員卻告訴我找到行李後，只會送到我填的旅館地址，在機場等也沒有用。看看手錶已經七時多，我快趕不到機場巴士，在櫃員機提款後趕忙找巴士站，但…最後一班巴士也已經開出，巴西機場不是二十四小時開放，我不能在這過夜等待明天。

唉…即是要乘計程車，計程車可不便宜啊，我跟計程車司機議價，安全到達目的地要緊。

晚上十時左右到達旅館，我跟身的小書包有護照信用卡和少量現金之外，平板電腦等也有跟身，其他東西也因寄倉而遺失了。晚上鄉村一片漆黑，計程車大哥也找了一段路才找到要投宿的旅館，這麼難找的路，相信行李也不會再回到我身邊。

我心灰意冷，用電話發信息聯絡朋友，在這時候只求安慰。

飯也不想吃，呀…嗯我沒有牙膏牙刷啊！洗澡的東西和衣服也沒有，接待處也關了門。

「大背包！我不嫌棄你重了！你快回來我身邊吧！你主人沒你走不下去啊！」

就連小褲褲也留在大背包裏，想換一件乾淨的衣服也不行，算了，上床睡覺去，可能行李明天會送到呢？

第二天早上去接待處，「不好意思…請問機場有沒有送行李過來？？」我在問。

職員：「我們沒有收到啊，有消息會通知你。」

馬死落地行，無車用腳行，生活總要過，我一邊跟朋友哭訴又一邊想辦法。

到了第三天早上又去了接待處問，一樣是沒有發現，把心一橫到外面超市買日用品回來洗澡，不再等了。

我在這個鄉村住了四晚，上格床是沒有圍欄，害我半夜差點滾下床。

自來水是泥黃色，煮食的水和洗澡的水也是泥黃色（幸好沒有肚痛），同房有來自危地馬拉的西班牙語老師和她的兒子，很幸福年紀小小可以跟着媽媽到處去遊歷，媽媽是個老師，可以教到兒子課本上的知識，所以她的兒子沒有去上學。另外有一個來自俄羅斯的女生，金色短髮，操流利西班牙語，也是個滑浪高手，一出場就很有魅力。其實住混合房也不錯，認識了很多很厲害的背包客。

正當我買好日用品回去，到接待處付錢多住一晚時，接待職員指一指她身旁的大行李，「嗯…這個…這個好像在那裡見過呢？嗯…？那是我的行李啊！！！！」

我連忙多謝旅館職員，我開心到要哭出來！考驗完了！回到我身邊了！

我抱住背包跟它說：「對不起！我不應掉下你！你以後也不要離開我啊！」

那晚我抱着大背包，很滿足的睡了一晚。

巴西沙灘上的直升機

第二天，我心情不錯，想在附近海灘學滑浪，可惜突然浪太大，其中一人受傷，滑浪板撞到嘴唇爆裂，他們趕去旅館進行急救，我看到那人又要打針又要縫針，我還是曬太陽算了。我還要留回老命繼續旅行呢！

在巴西的沙灘上，躺着曬太陽也可以看到很多有趣的東西，天上有直升機吊住廣告牌不斷轉來轉去，也有很多小販叫賣雪糕、可樂、沙冰、襯衫、絲巾、比堅尼等等…我認識了一個來自智利的女生，她說巴西的比堅尼是最多顏色、最美。看到她們是「即場試換」，在巴西是很平常的事，但我就比較害羞，何況我不會買巴西的比堅尼，因為…我的尺寸何來有這樣偉大呢？！

巴西的泳衣 size，約 36D

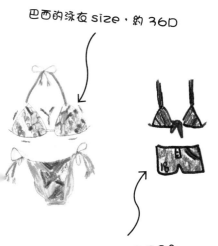

香港的 size 有 32A

　　有的沙灘小販會背住一個大發泡膠箱，旁邊有一個水喉位的，裡面是裝滿了可樂，小販會給你一個膠杯，扭開水喉就會流出可樂。一起去沙灘的還有兩個智利男生，他們教了我很多西班牙語和巴西當地特色，也給我介紹試飲巴西獨有的梳打，金色罐上面寫住「KUAT」。味道似香港的蘋果仙地，很好喝！

我跟智利男生合照

點火柴的樣子，現在不怕了。

　　在煮食方面，南美洲的煮食爐大多是用火水爐，先開爐頭制，然後要用火柴點。

　　我平生最怕劃火柴，怕會燒着自己，更證明我是嬌生慣養，第一次劃火柴，我身體是距離火柴十尺，腿要準備逃跑的姿勢。

# 里約熱內盧的耶穌像和麵包山

　　世界新七大奇蹟之一，救世基督像（Christ the Redeemer），是由法國藝術家所雕塑，總高 38 米，在里約熱內盧城市中的國家森林公園 Corcovado 山頂上。上山的時候陰天微雨，四周被雲霧包圍住，有點登上了雲頂的感覺，乘纜車時會穿過全球最大的都市森林 Floresta da Tijuca，基督像基底下有一小教堂，山上有很多記念品店，價錢還可接受，我買了五條特色絲帶和一個匙扣（大約 HKD$30），有時候看到吸引的手信但又不能帶回去，要知道放在背包很快會被壓碎，買簡單的就好了。

基督像

　　基督像的入場費大約 HKD$165（2014 年價），由於基督像很高，抬頭向上看有點累，如果不是下雨天，躺在地上看會比較舒服。

下雨過後有彩虹，終於出太陽！

出發去著名的糖麵包山(Sugarloaf Mountain)，外型像法式麵包頭所以叫麵包山。

入場費比基督像還要貴，約HKD$200(2014年價)。上山前我去了超市買麵包和餅乾充肌，等了大半小時公共巴士，每一次上巴士也會坐在售票的人旁邊，好讓他們提醒我下車。

可能我坐在冷氣風口的位置太舒服，中途睡着了，身旁的紋身金毛女孩拍一拍我，提醒我下車，感覺當地人也很友善啊。在巴西市中心也很先進，除了銀行提款機有指紋認別系統之外，大多的觀光入場票也有條碼，進場是用自動掃瞄條碼機。

我也來裝基督像

遠眺對面的基督像

　　上糖麵包山前第一站是烏卡山（Urca Mountain），到達後已經可以看到全海景和對面的基督像，第二站才是真正的麵包山，山上的餐廳比基督像貴很多，我就只能真的在麵包山上吃麵包。

山上清楚見到雲層在腳下

糖麵包山

### 森巴嘉年華

晚上我走到森巴場館，每年巴西嘉年華期間，各間森巴學校的舞蹈員也在此巡遊，是一個非常盛大的世界級巡遊表演。我本想看優勝者表演，可惜連企位也要一千大元，我真的買不起啊！

我只能到森巴場館外面感受一下氣氛，表演由晚上九時正開始，直至到天亮才完結。

到達場館後外面非常擠迫，森巴嘉年華正正是雨季，雨愈下愈大，但沒有影響場館內的氣氛，這個場館一共有 12 個入口，是一個長方型的場館，我在停車場的入口看到花車經過，裏面大約有一萬八千個坐席，華麗服裝加上大型花車，熱鬧的氣氛令我很想進去一起跳舞！花車上有很多機關，加上燈光特效，我眼也不眨去瞪住花車每一秒的變化，舞蹈員無分年齡，五至六十歲也有，進去一次一定畢生難忘！

我相信這一年一度的森巴民族傳統不會消失！只會不斷進步對嗎？如果現在只能買企位，倒不如將來花三千去買一個包廂位看比賽日對嗎？等我啊！

# 啊？我的比堅尼斷帶了！

Ipanema 海灘黃昏

巴西里約熱內盧有兩大沙灘，一個就是 Copacabana，全長四公里，也是全世界最著名的海灘之一，而我就住在這個沙灘附近。在街上，當地人會穿着泳褲和比堅尼，而說到市內第二大的沙灘就是 Ipanema，Ipanema 也是一個巴西拖鞋製造商，我自己就比較喜歡 Ipanema，日落時分比 Copacabana 更美。

早上我沿住 Copacabana 沙灘一面聽歌慢跑，中午來一杯巴西國飲 Caipirinha Cocktail，人生不過於此。下午又走到另一個 Ipanema 沙灘曬太陽，邊聽海浪聲邊用手機自拍的時候⋯

Ipanema 海灘黃昏

比堅尼雨傘，巴西海灘獨有

突然「啪！！」一聲，嗯⋯不是吧！我的比堅尼帶斷了！還要斷後面⋯哎呀斷成這樣完全不可以把它綁帶！！我只是穿住泳衣出來，沒有帶內衣換啊！神明你要我赤裸裸地走回去嗎？我怕被警察看到啊！

媽媽救命啊！我還要乘地鐵才能回去旅館！最可悲我的 T-Shirt 是白色很透那一種，幸好我還有一條灰色的小毛巾擋住⋯

沙雕

Copacabana 沙灘的黃昏

乘地鐵回去

而 Copacabana 比較多沙雕欣賞，拍照的話是需要收費呢！我偷偷地拍了幾張

貧民區的彩色長樓梯

　　在里約市的貧民區 Lapa 水道橋附近有一古老的黃色電車，這黃色電車是圍繞住聖特蕾莎山（Santa Teresa Hill）行駛，更有趣的是，這電車是開放式設計，很多人不買票中途跳上車。我也想試一試跳上電車的感覺，但去到車站冷冷清清，我問了當地人，原來因為安全問題已經停駛多年。

黃色電車站

舊時照片

黃色電車以前就在水道橋上行駛

　　我徒步走上山，大熱天三十多度高溫走上斜坡，流着汗眼鏡也不斷滑下來，旅行還是用隱形眼鏡方便一點。

　　我也不知道走多遠才有景點，身上又沒有地圖，走了十五分鐘已經停下來，四周環境都是垃圾和尿臭味，遠處看到有一條長樓梯有遊客在逗留拍照，上前一看，啊…美得不得了！

我立刻從山上沿住這樓梯向下走，走到最下一級轉頭一看，哇！走進了世界畫廊！長樓梯每一個瓷磚也造得非常別緻，太厲害了…我拿相機不斷拍照，在旁的小孩把肥皂水倒在樓梯瓷磚的斜坡上，然後滑下去，很刺激的玩法啊！

　　這條樓梯是由一位當地藝術家用了二十年時間鋪成，那藝術家興趣是收集世界不同的瓷磚，經當地政府同意，把家中的瓷磚鋪在舊城的樓梯街。看到山上的瓷磚鋪成了巴西國旗，旁邊的綠色代表着巴西土地，因為巴西有一半國土是被森林覆蓋，黃色代表礦產豐富，全世界有 60% 的彩色寶石出產自巴西。

# 巴西小食大放送！

"Acaraje"是巴西一種有名的小吃，
配炸麵包吃

小吃布丁

我的最愛！烘麵包！
任何一款都好吃

椰絲糕

青檸撻

青檸水

巴西莓(Acai)當地人經常喝這個，
味道似提子汁沙冰

巴西的 Sugar Apple 果汁

運動飲料，味道很怪

在南美旅行時經常買的小包沖飲

Hershey's 柯華田味

巴西的零食

青檸味乳酪

里約市街頭內有很多 Bar counter，但不是喝酒，是有果汁和包點吃，當地人很喜歡點咖啡和包點，巴西街頭的烘麵包真的超級好吃！我幾乎每天也去買！外脆內軟可以一次吃三個！

# 《出走世界後・第三十九天》

出走後一切順其自然，相信大部分出發前的獨行女背包客，也有一班類似的朋友：

「下！你自己一個去呀？一陣比人捉左去姦都唔知喎！」

（所以我剪了頭髮努力打扮成男孩子）

「你去環遊世界？哇…最有錢係你啦！」

（我窮遊呀）

「如果環遊世界之後返來有得着（意思得個吉）咁你諗住點？」

（我有命回來才回答你吧）

「旅途上又要省錢又要露宿，都唔明你咁辛苦為乜」

（在香港一樣要慳啊）

「哇…要咁慳咁樣儲錢法，我受不了」

（只需要堅持兩年省錢就可以環遊世界啊，是去環遊世界一年啊，我覺得不錯呢）

「點解唔去 Working Holiday？邊賺錢邊旅行！」

（旅行已經很忙，不想工作，而且想去的地方太多了，Working Holiday 不太適合我）

「你問左爸爸媽媽未吖？佢哋比你去咩？」

（嗯…我的爸媽很開通）

「下？一個女仔咁危險？你唔搵人陪你去？」

（誰會願意陪我辭職去玩一年啊，只有自己吧）

其實當時不知如何回應，每個人的定位目標也不一樣，你有你的工作，我有我的夢想。

我把自己工作賺到的錢，儲起去實現夢想，投資於旅遊，換來一生人中最美好的回憶，我只是在人生中辛苦兩年儲錢，一年去環遊世界，不太過份吧…

我回去後會繼續工作和讀書，在香港畢業後每天工作直到六十歲退休，不感辛苦嗎？又會開心嗎？

人因有夢想而偉大，總要在年輕時捉緊機會去實現，所以我決定要好好環遊世界一次。

有時候我會問自己在做什麼，我覺得我正在磨練自己的人生，放手走出去，就會發現所擔心的，根本不是一個問題，所有問題都會變成人生經歷的一部分。永遠害怕外面的世界，自己困住自己，會變成井底之蛙。把地球當是一個家，去到哪裡也不怕，當一個小小探險家，手拿地圖、一支筆、相機和少量金錢就可以向世界出發。迷失方向時，當地人也很樂意為我帶路。因為省錢，我連電話卡也沒有買，所以我在南美只是用紙地圖。在旅途上原來像我持續環遊一年的背包客真的不多，大多是旅遊數個月或半年。只在澳洲認識了一位香港女生，跟我一樣環遊世界，她帶給我這初級背包客很多有用的旅遊資訊。還好有香港人跟我一樣勇於實現夢想！經過短短一個多月，火又不怕，黃色泥水沖涼煮食又不怕，似乎鍛鍊到身體百毒不侵了。

## Hostel

我很喜歡住 Hostel，旅遊資料比較齊全，可以煮食之外，還可以跟不同國家的朋友交流。

先前也會擔心跟什麼人住在一起，其實醫生，老師我也遇過，不只是年輕人會住青年旅館，就像我在新西蘭的 YHA，也遇過一位獨遊的法國婆婆。

我預訂的大多是 HKD$100-150/ 晚，六至十人房（更便宜的也有，但可能衛生不佳啊）

在巴西這裡我發現跟男生同房比較乾淨，先前跟一班女生同房，把二十多條彩色底褲掛在窗口，如廁後又不沖廁，還聽到同房男生被女生偷東西被騙之類的事情，其實有時候男生比女生守規矩有禮貌，所以不需要介意跟男生一起住。好運氣的話，試過有一個瑞士型男在我下格床，早上有時候站在床邊換衣服…（哈哈）

如果住二至四人房，我會配合大家的作息時間，有半數人已經睡了就不再開燈 / 執行李，會很容易騷擾到別人的，六至十人房就因為人太多，多半也很晚才睡覺，晚上出入，執行李，已經也不打緊。

六至十人房也有一個好處，這方便我半夜在床上上網和打遊記，不怕電腦的光騷擾到別人，反正大家也預了住六至十人房就是這樣熱鬧。

我住的 Hostel 大部分也包早餐，巴西的早餐也很豐富！有新鮮生果，我最喜歡是菠蘿＋木瓜＋橙＋芒果混一起切粒加糖水，加沙律醬也很美味，還有自家製蛋糕是必定有的，火腿芝士，雞蛋，烘麵包和果醬，咖啡和果汁也有，只是百多元的住宿也包了豐富的巴西自助早餐！

有麵包，腸仔，少許通粉，
還有青瓜和蕃茄也很好吃！

**小趣事：**

在巴西期間我遇過一個「鹹濕佬」，晚上我坐在梳化打遊記時他跟我聊天，他突然一本正經問我為什麼亞洲女性在床上顯得特別含蓄，其後又約我去沙灘之類，原來我這小女孩也有市場，當然我也一本正經地回應：「你怎知道亞洲女性在床上是這樣含蓄哈哈哈哈」其後急急回房間睡覺了。

# 挑戰南美洲二
## 多災多難智利之旅

(聖地牙哥.20 Mar 2014.時差 -11HRS)

# 在聖地牙哥上了賊車

我從巴西乘飛機到達智利聖地牙哥機場，在機場渡過了一晚，早上起來梳洗後，想着去找提款機，「咦？不接受此卡？沒可能吧，巴西也能用…」

最奇怪是機場只有一間銀行的提款機，那我身上一毛錢也沒有…怎出機場呢？

機場不斷有計程車司機經過，在你耳邊說「Taxi？Taxi？」，我連乘巴士的錢也沒有，不要跟着我好嗎？

突然後面有一個疑似機場職員殺出來（中年男子，樣子慈祥，頭上掛住一個名牌，我稱他為老伯）

老伯說：「有需要幫忙嗎？」

我說沒有需要，但他又跟着我。

他看到我提不到錢出來，又帶我去其他提款機再試，結果也提不到錢。這老伯帶我去機場的下一層，我想着有巴士可以用信用卡付款，誰知另一個身穿西裝的男人出來（其實是司機），帶我上了白色私家車，上車前我問了三次要不要給車錢，老伯他只是搖頭說不用擔心之類的說話，那我上了車，心想他們是機場職員，會送我去到旅館。

我太天真了。

到了市中心，那穿西裝的司機，每見到有提款機就會停下來，叫我下車試一試，我試了很多次，不同類型的提款機也一樣提不到錢出來。

西裝司機在市中心足足遊了兩小時，我很想逃走，但我的大背包放了在車尾箱，而且又不知道自己身在何處，前兩小時老伯還有說有笑，看我提不到錢就開始變臉。

中途我也不斷叫司機先送我到旅館，但他們也只是一直說「不用擔心，先幫你找提款機提錢」的說話，又不讓我下車，在提款的時候，其中一張銀行卡還慘被「食卡」。

到了中午，大家也肚餓了。裝慈祥的老伯叫了司機在一間超市前停車，在超市買了些麵包，芝士，火腿和果汁。到了收銀櫃檯，我想着是老伯自己付錢，誰料他叫我試一試在超市刷卡，我又試一試刷卡，發現信用卡付款是沒有問題的。回到車上，壞老伯只給我一個麵包，其他的食物和果汁他們自己分了，最可憐的是，他們發現到我的信用卡可以刷卡，把車駛去油站，要我幫他們付油錢。

大約四小時後，司機終於送我到了旅館，司機要求旅館職員，把我信用卡裡的錢，套出現金給他，當是我的車資。旅館職員套現了大約七百元港幣現金給司機，錢到手後就走了，他們用西班牙文溝通，我不知道為什麼職員很快就套現錢給他，但就不肯套現給我。

我到步時是星期六，街上所有店也關門，職員嘗試在星期一幫忙聯絡當地銀行，取回銀行卡，其實我不太擔心那銀行卡被「食卡」，因為卡不是被偷，那卡也不常用，反而生氣他們拿了我七百港幣的士錢，我住青年旅館才港幣一百元一晚，麵包才三元六角，足足拿了我一星期的生活費！

沒有收入的我真的立即哭出來。

**當時智利旅館地址：**
La Casa Roja，Agustinas 2113，Barrio Brazil，Santiago，Chile

在這古老的紅色旅館 La Casa Roja，遇上了很多令我深刻印象的朋友。

其中一個是香港女生 Lester，她的護照被偷，要在智利逗留，大概是要等領事館發新的護照給她才可離開。Lester 已經環遊了南美四個月準備回港，很幸運地從她身上得到了很多實用旅遊資訊，還給我阿根廷電話卡／去秘魯的高山症藥／暖包等，我送了我的拼貼手作給她，還交換了電話。

而另外就是兩位同房的荷蘭朋友，她們知道我所發生的事，就說一起外出去銀行幫忙問一問。

早上我請了旅館的經理幫忙，經理嘗試打去銀行，電話沒有人接聽，我等了一個早上，最後兩位荷蘭朋友 Lara & Debby 拉我一起出去，直接去銀行問。

我身上沒有零錢外出，兩位荷蘭朋友替我付上地鐵車票的錢，太好人了！

她們先去巴士站買下一程的長途車票，原來她們下一站是普孔 (Pucon)，剛好我今晚也會到普孔這小鎮，我先前已用信用卡在網上預訂了普孔的巴士票，兩位荷蘭朋友知道大家去同一個地方，就選了我今晚會坐的長途巴士公司和時間，今晚十小時的長途巴士旅程可以跟她們一起了！

買完巴士票就乘地鐵回去旅館附近的銀行，幸好 Lara 懂少許西班牙文可以跟當地銀行溝通，最後她們溝通完，銀行回覆是

「三小時後，你可以去銀行取回失卡」

當拿到提款卡的時候真的很高興！Lara & Debby 還請我吃雪糕，那晚我親自煮了晚餐報答她們，然後一起乘巴士到普孔。

雖然拿到提款卡，但錢還是提不到出來，這時候我就找了這個旅程最能幫忙的羅同學，替我聯絡香港銀行找出原因。她三番四次替我聯絡香港銀行，可惜銀行解決問題需時，大家又有時差問題，在整個智利旅程暫時用信用卡提款，每次要付上一百元手續費，直至到下一站秘魯。

# 登上活火山！

比亞里卡火山(Villarrica)是不穩定的火山，約每十至十五年爆發一次，最近一次爆發在2015年，每次火山爆發都會改變所有的邊界。比亞里卡火山是世界上少數能讓遊客爬上的活火山，到現在也不敢相信我可以登上二千八百米的山鋒。

從聖地牙哥乘了十小時長途巴士後，到達中南部的普孔小鎮，鎮上全是新建的木造小屋，很有歐陸式瑞士風情。

我跟 Lara & Debby 一起報了登山團，團費大約是 HKD$540（2014年價），已包括所有裝備（安全帽、手套、爬山鞋、雪地鞋爪、外套、冰斧、防水褲）。上山前需要自備糧食，香蕉、朱古力、麵包和 1.5 公升水是補充能量必備的。

清晨六點出發，司機叔叔會去各旅館接送大家上車。上山前大會給我們一個防水背包，把所有裝備連食物和水也放進去，我們換上爬山鞋就出發（裝備超重的）。

開始時真的真的拿了我命！上山不到十分鐘，我已經想放棄了！（我還在山腳）

加上超討厭的生理期剛來，令我很頭暈很想吐，我只好堅持住，慢慢跟着隊尾，一步一步向上行。

我身旁兩位就是 Lara & Debby

教練在幫大家帶上雪爪

　　我們一共十個隊友，小心翼翼地走，陡斜的山坡走起來特別吃力，火山噴出來的碎石很多，一不小心滑下去是很危險，可能會沒命。因為山形陡斜，我們用「之」字形的方式行上山，這會比較省力和安全。可能大家沒有太多行山經驗，我們這一隊用了很長時間爬上山，也是最慢的一隊，即使身體有多強壯，也抵擋不住這火山的威力。裝備加上爬山鞋非常重，中途真的連腳也提不起來，不要跟我說可以上到山頂！每次休息時間只有十分鐘，我不斷吃朱古力和香蕉補充能量。

　　差不多到了山峰，山上表面結了很多冰，這時需要換上雪山裝備，真正的考驗來了，大家心情也緊張起來，一不小心滑下去，真的香港也回不了。大家也很留心聽住教練的指導，在不小心滾下山時，如何運用冰斧停下來，做最後防線，只要爬過冰的部分，就可以登上山頂。

　　上到山頂了！我到處拿相機拍照，看到有一個很大會冒煙的洞，就是火山口！我辛苦得要哭了！

　　下山時，我們從山頂有冰的部分滑下去，其實高度有點恐怖的，我比較膽小所以跟着教練後面。

大家坐着一塊橙色的滑板滑下山，配合冰斧控制速度，原來高速滑下去的感覺很爽呢！

這可是享受成果的時間！

接下來教練拖住我的手一起踩住火山泥和碎石一起滑下去，下山速度可真快，不消一會已經下山。我在上山時也沒有空閒看手錶，原來已經下午四時，那我們是不是用了八小時上山？下山只用一小時？

我也累到不想再問問題⋯只可說我有命下山真是要感謝耶穌⋯從今以後不會再爬火山。

火山口

# 小鎮 Valdivia 和 Puerto Varas

(Valdivia, 28 Mar 2014)

我跟兩位荷蘭朋友分開後，自己南下去了 Valdivia。

我本是一個晴天娃娃，但在 Valdivia 三天，就下足三天雨！到步的時候我帶了有框眼鏡，沒有帶雨傘，只有雨衣，下着大雨眼鏡和地圖也濕透了。我看不清前面的路，加上天氣很冷，大背包很重，我也不知所措站在一角避雨，正當這時候，一個小學生出現，「姐姐…你在找路嗎？」

Valdivia 的海膽

這個叫 Ceviches

　　她不懂英語，我們用簡單的西班牙語溝通。雖然下着滂沱大雨，她陪伴我找旅館，也不斷替我問路人，大約半小時後，終於找到旅館，我感動得抱住她，連忙說多謝！上天每次也派出小天使來幫我！

　　在 Valdivia 逗留了三天，十二人房間只有我一個人住。旅館有一個小花園養了一隻很可愛的小鴨，我經常跟牠聊天。最記得是旅館早餐的藍莓果醬，令人一試難忘，其實旅途中停步下來休息也不錯啊。上網一查 Valdivia 本來就是一個多雨的小鎮，啊…我這晴天娃娃也抵擋不了…

超級好吃！

## (Puerto Varas.31 Mar 2014)

Puerto Varas 是一個世外桃源，有很多德國式的建築。

我跟 Lara & Debby 先前約好在這個小鎮見面，一起去騎單車，今次我們住在不同的旅館。

不幸的事情又發生，我在騎單車下斜坡的時候，手和頸都拉傷了，而我還不為意自己拉傷。

到 Lara & Debby 離開之後，我回到旅館又痛起來。手腕開始腫得誇張，就連煮飯、刷牙等簡單動作也感到痛楚。

我說過每一次遇到問題，上天總派一個天使出現在我身邊。

今次出現的，是一位香港女生，名字是 Beeno，也是我同房的女生。

Puerto Varas 的小屋

在地球另一端南美洲，可以看到香港人其實是非常罕見，所以每一次遇到也會很開心！

有點像日本的富士山

她的遭遇比我更值得同情，Beeno 在歐洲轉機到南美洲的時候，她整個行李箱也遺失了而一直沒有消息。她只餘下一個小背包，小小的背包除了藥箱和少量新買的日用品，什麼也沒有，相機還不幸跌進河裡，那怎可繼續旅行？還跟我說去南極？我非常佩服這個女生！她還照顧我為我煮飯，從袋中拿出僅餘的藥貼給我，還送上她至愛的港式小吃魚肉腸，她的行為令我很慚愧，也使我堅持走下去。

在 Beeno 離開的時候，說過幾天後會去聖地牙哥，不知道我們會不會在那間古老的紅色旅館 La Casa Roja 碰上呢？

四周環境也很美

　　我右邊的手腕和頸部位置基本上是動彈不得，轉身也有困難。接下來又看到電視在播，「智利北部八級大地震」。那時智利北部真的有大地震，我當時身處在南部，本想跟 Beeno 南下，但南部可能會因地震引發海嘯，我行動不便所以沒有勉強前進。我在旅館乖乖休息幾天，直接乘長途巴士上聖地牙哥離開去秘魯，離開智利地震範圍。那時也擔心自己不能背着二十一公斤的大背包趕路，我日夜敷冰，又去藥房買繃帶包住手腕，好讓別人看到我受傷，幫忙拿背包上車。

# 三個遇難的香港女生與雲南白藥

經過十三小時的長途巴士，我到聖地牙哥養傷。

回到古老的紅色旅館 La Casa Roja，我又遇上那遺失行李的香港女生 Beeno，不少得還有先前遺失護照的香港女生 Lester，對的！她一直在那旅館等消息。

我們三個「遇難者」不約而同在 La Casa Roja 出現，還可以同房！

吃過早餐後一起遊市區，去了總統府拍照留念，又四周找電子用品店。因 Beeno 的相機不幸跌進河裡，要買一個新的，去下一站復活島拍照，但是…這裡買相機是…

「送多一粒電池嗎？」

「沒有」

「記憶卡呢？？」

「送一張 8G」

「相機袋？」

「沒有」

「保護貼？」

「沒有」

走了大半天也只是見到唯一新款的 Canon G15，比香港貴一千元左右，還要付錢後才可以開封檢查！

難怪那麼多人來香港買電子產品。

因為我頸受傷了，想找華人醫館，我們又走進了一間華人餐廳求助，借問一下店員附近有沒有華人醫館。

店員說剛好星期六日，附近的醫館也關門了，我們再三問有何解決辦法後，餐廳的中國老闆回家拿了一支「雲南白藥」和幾片藥貼給我們。那「雲南白藥」我也聽得多，用也是第一次。Lester 就幫我用這些藥粉塗在頸上替我按摩，謝謝 Lester！（按摩技術還不錯）

我們非常感謝這老闆和她的太太（店員）給我的「雲南白藥」和藥貼，在外地一支「雲南白藥」可不便宜！！

這麼好的老闆，一定會生意興隆！

雲南白藥

智利的唐人餐廳

街上的小孩向我們揮手

聖地牙哥總統府

聖地牙哥熟食市場

我們去了當地熟食市場，尋找當地特色海鮮小食。在這餐午飯中，大家分享旅遊中的趣事時，有一刻真的笑得我窒息！很開心認識到她們！其後一起去了聖地牙哥的 IFC，一個彷彿像香港 IFC 般大型的 Shopping Mall，三人分享一杯 Hershey's 麥旋風。

回到旅館實在太累，大家買了一個蛋糕當晚餐，就是這樣快快樂樂跟她們渡過了一天。

第二天早上我們各自退房，離開紅色旅館，繼續出發去下一站。

要感謝 Lester 和 Beeno 給我的藥貼和藥膏，也帶給我一個難忘回憶，有趣發現的是，我們三個也喜歡綠色！

智利感想：

來到智利真是多災多難

1. 第一天步上了賊車，被提款機「食卡」

2. 提款卡有問題提不到錢，用信用卡提款，而每次提款手續費是一百港元

3. 在 Valdivia 三天也下雨

4. 踩單車扭傷手和頸

但在每一件事中，也有「天使」的出現。

就如提款卡的事，我遇上了 Lara & Debby 替我拿回提款卡，而在香港的羅同學也一直替我解決問題，至少暫時可以用信用卡提款。在 Valdivia 大雨迷路時，小學生出手相助。受傷的時候，Lester 和 Beeno 兩位香港女生為我送上藥貼和藥膏，帶我去華人餐廳求助。

我感覺到全世界人也替我實現環遊夢想！協助我環遊世界！

我相信不是每一次也巧合，真的上天知道我這小豆釘要出走，派了很多天使去保護我。

所以無論遇到什麼困難，我也要堅持走下去直到安全回港。

小趣事：

我在聖地牙哥的旅館 La Casa Roja 大廳玩手機時，突然感覺到有大笨象走過，整幢房子也不停震。震了幾秒左右，又傳出尖叫聲。原來是「智利北部八級大地震」的餘震，我當時是第一次感覺到地震！還在玩手機…幸好沒有出事呢！

# 挑戰南美洲三
## 神秘的印加帝國秘魯

(利馬.6 Apr 2014.時差 -13HRS)

# 超棒的秘魯菜

很想吃啊！

超美味小食檔

我帶着手傷和頸傷順利到達秘魯利馬，每去到一個新的國家也感興奮。今次這個國家是一個可以近距離接近羊駝（草泥馬）的國家，傳說中的天空之城也在於此。

我入境時轉用 BNO，護照全新還未蓋過印，聽 Lester 說，入境天空之鏡玻利維亞的時候，BNO 上有一至兩個南美國家的蓋印比較好。

第二天出發去市中心找唐人街，我想買一瓶「雲南白藥」旁身，市中心比較混亂，龍蛇混雜，很怕被小偷偷東西，我只是帶了小相機，少量金錢就出門。基本上旅途中不會帶護照外出，反正也用不上。

由 Miraflores 去市中心要十個地鐵站，我住的 Miraflores 區域比市中心安全。

我去問了當地人在哪一站下車比較近唐人街，結果下車後發現車站離唐人街老遠，一東一西，我走了一小時才到達呢！街頭有很多小吃，其中有一小攤檔是將魚肉、墨魚粒、粟米粒、花生、洋蔥、蒜頭和炸魷魚混一起，然後加入青檸汁，意想不到味道超棒！

我查了一下，原來這個小吃叫 "Ceviche" 是秘魯當地一種菜色，就連紀念品匙扣和衣服也有印上！

Ceviche 紀念品匙扣

Ceviche T-Shirt

我推薦的秘魯飯店

到了唐人街，找到一間華人藥房，買了「雲南白藥」，還在華人超市買了「出前一丁」當晚餐。

在利馬的青年旅館，旁邊有一條小巷，有一間我認為歷史上最好吃的秘魯飯店。

利馬青年旅館：
**Av. La Paz 174 Miraflores, Lima, Peru**

餐廳門口平平無奇，每一到中午時間也滿座。起初是因為方便而去光顧，最後是因為想試盡餐廳每一道菜而去光顧。

第一次點了魚加豆薯蓉的飯，前菜點了雞絲沙律，枱上放着紅色辣醬，不知道用什麼磨成，超好吃！

喜歡嚐辣的我，出走後很久未試過真正的辣味！外地的辣味不及中國的辣那麼香。

前菜來到，我嚐了一口，啊…！這是傳說中的人間美食？加了青檸汁和當地特色醬，雖然只有菜和雞絲，但何解可以如此美味？！主菜白飯和魚來到，我先吃一口白飯，我的天！是黃油飯的味道！連白飯也可以如此好吃！我不消一會吃光了！每一次來到，我一粒飯也不會剩！

中午去過這間餐廳，晚上又想再試一次。隔天我又再來，今次因滿座，我去了另一間餐廳。門口一樣沒太大分別，但味道差很遠呢！所以肯定不是我太餓，那間餐廳真的煮得很出色，很好吃！

地點就在我青年旅館旁邊的小巷，向大型購物商場麥當奴方向走，就會經過。

西班牙文的 Menu

遠處的紅色辣醬超好吃

是 Ceviche！

# 該死的高山症

（庫斯科．9 Apr 2014．海拔 3400 米）

庫斯科（Cuzco）是一個高海拔城市，被安地斯山脈環繞，海拔 3400 米，也是過去印加帝國的首都。庫斯科的旗幟是彩色，別以為是國際上的「同性戀」條紋旗，這是印加人心中神聖的彩虹。

印加帝國的宗教跟大自然有關，就像印加神話太陽神因蒂（守護庫斯科），地球女神帕查瑪瑪（主管種植和收穫），和彩虹之神克奇（象徵生育），何解沒有神明是主管高山症？

我在庫斯科親身經歷過高山症，其實也是我自作自受。

在上飛機前，沒有做好功課查清楚庫斯科是一個高海拔地區，又沒足夠休息，也沒有事前保護自己吃高山藥（高山藥是要在到達高海拔地區前一兩天吃）。到達庫斯科前一晚我在利馬機場露宿，精神不佳，每隔兩小時被清潔工人拍醒一次。早上六時左右上飛機，很快就到達海拔 3400 米高原。起初到步是沒有症狀，所以不為意，我還在到步後的早上，參加了一個兩天團，根本沒有足夠休息，也沒注意到保暖。

約四小時後，開始頭痛，心跳加快和氣喘。我不想走近景點拍照，心情開始低落，我也只是覺得，是因為沒有吃飽，昨晚沒有足夠休息的關係。

八小時後我出事了，旅行團結束後，旅遊巴士在市中心停下解散。

我頭痛得想爆裂，心跳得很快，即使在平地，每走一步都感到氣喘，而且有強烈嘔心的感覺。

我知道我快不行，我很想嘔吐，我捉着一個巴西男人（他是跟我同一班機，也住在同一間旅館），讓他帶我回旅館，我連路也看不清。回到旅館我立即沖了一杯 Coca Tea（當地舒緩高山症的茶），但似乎沒有太大作用，過了五分鐘我不停嘔吐，我整天只是吃了一個麵包也吐了出來！

根本頭痛得連走路的力氣也沒有，腦袋有很想爆開的感覺。

我連躺在床上休息也感到痛苦，要用很大的力量，我才可以把頭抬起來。當時吃高山藥已經太遲，吃什麼藥我全都吐出來，連刷牙簡單的小動作也做不到。

我馬上穿上所有衣服保暖休息，這刻我才明白為什麼其他人一到步就休息和穿上大衣保暖，是因為害怕有高原反應。

到了第二天，本應參加了一個旅行團，但我把日子改了，心情非常低落（這也是高山症的反應）。

各景點的入場票，
每去完一個景點也在票上打洞

旅館職員說休息一下就好，可惜我整天也吃不到東西，只吃了一塊餅乾，很痛苦的樣子。那時真的很想離開，我卻連離開的力氣也沒有（我有個很重的大背包），心裡又覺得「休息一兩天就沒事，不用擔心！我會沒事的！」。我又跟香港朋友發信息聊天，無聊叫了朋友發笑話給我看，調整一下心情，分散一下注意力。晚上特別冷，我衣服不夠暖，也不敢去洗澡，因旅館沒有熱水，怕會冷病，所以我只是在床上休息。同房有一對情侶，聊天聲量很大，還要在同一浴室鴛鴦戲水被我看到，媽呀！不要刺激我好嗎？！

第三天，早上起來頭依然很痛，我報的旅行團給了錢不可以取消，我勉強像死屍一步一步向前行，幸好得兩位當地團友照顧。而這個團有一個景點在 2800 米海拔（比庫斯科低），只要我慢慢走，應該沒問題。有的景點要爬上山，我就留在車上，旅途中有很多景點我連走近的氣力也沒有，但我也有拍照留念。

# 印加古跡庫斯科

市中心當代藝術館外

可看到這牆,
石頭與石頭之間的完美接縫

就連補這小小的洞口,
也天衣無縫!

印加帝國的建築全是用石頭建成,這些神秘石塊是有形狀規則。當時沒有任何量度工具,水泥和鐵製等工具也沒有,石頭與石頭之間接縫技巧卻十分完美,就連一張白紙也無法放進去,讓人無法理解當時印加人究竟如何拼接石塊。

市中心當代藝術館內

太陽神殿，是供奉太陽神的寺廟，在歷史上大地震中幾乎毫髮無損。也是印加帝國的天文台，本是黃金神殿，被西班牙人侵略後，把全部黃金溶掉，運送回國。

Saqsayhuaman( 發音似 sexy woman) 古時印加時期石頭建築城市，我去到這裡就下雨，此遺址也是在大地震中得以倖存。可看到當時的石塊即使不用灰漿，不用鐵制工具打磨也可以如此平整，別小看這石頭城市，考古學家估計當時用了二萬人，花了八十年才完成

印加人的祭祀泉（Tambomachay），還有泉水在流着。如果不跟導遊，根本不知道這堆是什麼石頭，當知道歷史，再看看石頭部分，有時候覺得這是外星人的傑作，太厲害了。

當然少不得可愛的
「草泥馬」！穿上繽紛
民族服飾的當地人，每
次拍照也要收費。

聖谷 (The Sacred Valley)/ 小市集

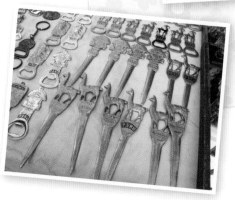

來到皮薩克 (Pisaq)，我一看到那山頂的石頭城堡很是害怕，因高山反應完全不想上去，我心裡祈求導遊先生千萬不要走上去，我會暈倒的，幸好只在下面講解，我坐在石頭上休息。

在山頂的城堡上有祭祀浴室、軍事區域、水渠和墓穴，在不遠的地方看到梯田。

山頂石頭城堡

梯田

捉了一個小孩拍照

Ollantaytambo 入口

Viracocha 印加神話的創造之神

創造之神在山上俯視 Ollantaytambo，
那山上的小屋是印加倉庫，倉庫有通
風系統，食糧不易腐爛。

Ollantaytambo 山形地勢

今次梯田我可以慢慢登上了

真的有上去啊！

山下七百年歷史的小鎮

　　Ollantaytambo，海拔 2700 多米，也是去馬丘比丘的必經地方。只是下降 600 多米，我心跳已經開始恢復正常！小鎮附近有一個印第安人市場，Ollantaytambo 是印加人反抗西班牙人侵略的重要戰地。當年的印加國王曼科從 Saqsayhuaman(sexy woman) 逃到 Ollantaytambo，印加國王曼科用石彈和水淹沒城堡下的平原，是難得一次印加帝國的短暫勝利，但後來印加帝國沒法抵抗西班牙人的炮火，最後也戰敗。

頭痛爆裂的感覺、嘔心、四肢無力的高山反應持續了四天，我不可以再這樣半死狀態。反正沒可能這時候回去香港，只有繼續前進。我打聽到原來馬丘比丘海拔是比庫斯科低很多，要去馬丘比丘就要從 Ollantaytambo 乘火車去，我就去買了一張去馬丘比丘的車票。我迷迷糊糊地問職員：「車票全程是否包括從庫斯科乘 10:45am 巴士去 Ollantaytambo，再由 Ollantaytambo 乘火車去馬丘比丘？」

票務職員：「YES。」

早上 08:00 起床，高山反應沒有減退，我動作依然緩慢。想起要背着 21KG 的背包走八個街口才到巴士站，我應該走不動了。到了 09:30，想着旅館職員替我安排計程車，職員看一看我的車票，他說我太遲了趕不到巴士。「什麼！？不是 10:45am 從這裡去 Ollantayambo 嗎？？」

旅館職員：「這票是 10:45am 要到達 Ollantayamb，然後上火車去馬丘比丘，而現在是 09:30am，從這裡去 Ollantayamb 也要 2 小時呢！」

旅館職員也立刻幫忙叫了一輛計程車去巴士站，還替我拿背包。巴士到達 Ollantayambo 已經中午 12:00，火車早已開出了。我去問火車站的職員，職員帶我到票務中心，問一下可否把車票改時間。

Ollantayambo 有兩間火車票務中心，其中一間正在開放，而職員說今天的車票已經賣光（一天只有四班火車）。另一間就是我買的火車票公司，因為剛好午飯時間關了門，我就在外面等待着換票。

在等待期間，有一個插隊的男人，走過來問我有沒有車票，我說我是來等換票的，他很緊張在我面前走來走去，告訴我另一間公司的火車票已經賣光（我知道呀，不用跟我說）。

其實他的樣子和行為已經明顯給我看出來，根本就是想我離開，然後等到那票務中心開門，第一個去搶票，因為當日的尾班車票，是一票難求。

到了下午，票務中心開門，那插隊男掉低自己的袋放在我腳上（幹麼？要我看住？想擋住我？），衝了去最前面，不理會後面有排隊的人，公然插隊。

最後，今天尾班車票真的賣光！插隊男瘋狂痛罵票務職員。

到我上前換票，職員不肯讓我換，我又像潑婦一樣痛罵那職員（那職員遇到我們真倒楣），因為我要重新給 70 元美金買一張單程馬丘比丘火車票！！（相等於 HKD$700，只是坐 30 分鐘）

還要是明天的火車票…那表示我要跟馬丘比丘的旅館延遲一天，要在 Ollantayambo 花錢住一晚！

在南美，我平均青年旅館住宿費用是 HKD$70/ 晚，這裡要 HKD$168/ 晚，是平常的一倍有多。

雞湯面

旅館外面只有幾間麵檔，有趣的事，晚上吃碗雞湯麵才 HKD$9，第二天早上吃同一碗要 HKD$24，幹嘛？白天看清楚我是遊客所以加價嗎？氣死我了！很想快點離開！

藍色豪華列車，很型啊！

我竟然是坐這個，有點失望！

吃過升價十倍的雞湯麵後就很興奮去到火車站，出發去馬丘比丘山下的熱水鎮（Aguas Calientes）。一到了火車站看到藍色豪華列車，不停拍照！後來藍色豪華列車駛走，餘下一架…

「哇…我不是坐這個吧…差很遠啊！」

車上認識了一個家庭，小妹妹來自委內瑞拉

# 被遺忘的城市 · 馬丘比丘

（馬丘比丘．16 Apr 2014．海拔約 2350 米）

世界新七大奇蹟之一，印加帝國的遺跡馬丘比丘（Machu Picchu），最神秘是山背後的印加人輪廓！

如果打直看馬丘比丘，可以看到一個印加人的臉，是一張仰望天空的臉，最上的是額頭，然後是眼睛，而山的最高峰就是鼻子，下面突出的位置是下巴，山上的小鎮應該是髮飾吧。

這個遺跡就連考古學家也不知道，當時印加人如何把二十噸的巨石搬上山頂，在沒有任何建築工具下，建造出一百四十座建築物，包括避難所、住屋、廟宇、公園和水池等，更有溝渠和下水道。也發現到印加人用石頭砌出的天文時鐘，是用影子去掌握每天的時間。當山上有火災的時候，在大廣場的位置拍手發出聲響，迴音就會去到大廣場每一個角落通知大家。

直看的馬丘比丘

　　馬丘比丘對我來說「人生來一次已經足夠」，因為實在太花錢！

　　入場費用 HKD$500，巴士上山 (15 分鐘 )HKD$150，火車票 HKD$700( 還未計機票 )，隨着遊客眾多，馬丘比丘大受破壞，希望當地政府好好保育馬丘比丘，不要再次成為被遺忘的城市。

　　馬丘比丘下的熱水鎮，慢走的話 30 分鐘也可走完。這裡有學校，有超市，跟普通社區一樣，而這個小鎮的東西跟香港山頂價格沒什麼差別，水和小食也是貴得誇張呢！

平常的背包客只會留在這裡一至兩天，而我就逗留了六天。

因為高山症的事我不敢再南下去高原地方，南部「的的喀喀湖」(Lake Titicaca) 海拔比庫斯科還要高，傳說會通去神秘的地方，我害怕因高山症而誤通去了地獄…如果不南下，我就去不了天空之鏡玻利維亞，但我的第六感告訴我，去到那裡就會因為海拔 4000 多而死掉。為了生命安全，我取消了原定計劃，好好在馬丘比丘過生日。

有一件開心的事，是在熱水鎮買了一隻羊駝公仔，我把它叫阿寶，牠身上的毛真的是羊駝毛！以後的日子有阿寶陪伴我去旅行（直到現在 2017 年，我每一次旅行也帶住阿寶）。

在我生日那天，我帶住阿寶去了一間中國餐館吃晚飯，在地球的另一端，過了二十五歲生日，頓時感到生命可貴。可以有白米飯吃、有足夠的衣服穿、有軟床睡覺、有熱水和肥皂洗澡，身體健康可以繼續旅行，突然覺得這些東西得來不易。

馬丘比丘下的熱水鎮

初見阿寶，在眾多羊駝公仔中最吸引！

幫阿寶選頭飾

秘魯財神，這個財神身上掛很多東西，有車有美元有糖果，我看過洗衣粉也有！聽說是每天讓他吃香煙，願望就能實現！

吉祥小牛，印加人為了馴服野生牛，把辣椒塗在牛鼻上，牛感不舒服而舔鼻子，辣得眼睛也瞪大起來，有趣樣子成了印加人吉祥物。

阿寶跟太陽合照

印加太陽的標誌

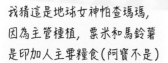

我猜這是太陽神因蒂

我猜這是地球女神帕查瑪瑪，
因為主管種植，粟米和馬鈴薯
是印加人主要糧食（阿寶不是）

熱水鎮上的溫泉

熱水鎮的餐廳

色彩繽紛的手作

## 小插曲：

先前提到，在智利和秘魯旅遊期間一直有個很大的煩惱，就是平常用的提款卡提不到錢，我改用信用卡提款，結果前後提款手續費要 HKD$600(每一次也要 HKD$100 手續費)，我的羅同學替我跟香港銀行爭辯，最後結果大概是我在不同的國家提款機提款，因保安措拖問題而鎖了海外提款功能。

差不多一個月，最後我的提款卡可以在熱水鎮成功提款！

而羅同學也替我爭辯到底，讓銀行退回 HKD$600 手續費給我！

我非常感謝她！這也是使我旅程可以順利完成的原因之一！

就是這提款機！
令我重生！

## 回到庫斯科

跟回機票，下一站我是要從秘魯利馬再飛去阿根廷，這正正就是環遊世界機票的不好處，要走回頭路。表示我又要回到有高原反應的庫斯科，再飛回利馬，那我本想自己南下用陸路巴士走到阿根廷，看看地圖實在太遠了。而今次要逗留庫斯科兩天，我作好準備在前一天吃高山藥，再到步庫斯科時已經沒有先前劇烈的高原反應，但到第二天的時候，有點頭痛和手腳麻痺，我還是快快離開。

是納斯卡線的調味料套裝！還要是綠色！很想帶回去！

阿寶的朋友

在庫斯科把小羊合照

庫斯科的紅綠燈

# 利馬的變態佬帶我去示愛公園

這是一個珍寶珠和轉彎街角開始的愛情故事。
（嘔）

我是個超愛吃糖的女生，在青年旅館附近有一間糖果店，我就是買了這個紅色珍寶珠後，只顧低頭拍照，在轉彎街角碰上一個阿叔。

示愛叔：「啊…對不起！美麗的故娘！」

我：「不要緊（笑）」

我轉身繼續走，示愛叔他騎着單車，從後面跟上來。

示愛叔：「你叫什麼名字？」

我：「Nicole…haaa」

示愛叔：「Beautiful name！你來自那裡？」

我：「Hong Kong（笑）」

示愛叔不斷跟着我問我問題，我沿着沙灘的方向走，他知道我去沙灘就不斷說陪我過去，起初還沒有問題，在 30 分鐘的路程中，他開始搭着我的膊頭，還問…

示愛叔：「美麗的 Nicole，可否問你一個問題？」

我：「什麼？」

示愛叔：「你現在有男朋友嗎？」

那糟糕了…這下子還問我有沒有興趣生小孩！生小孩？沒有男朋友卻問我想不想生小孩？

最害怕的是，他有武器在身⋯單車！我怎跑應該也快不過他⋯？

我知道他是沒有惡意，又不是小偷，就勉強交了朋友一起走去一個公園，應該是我想去沙灘，他卻帶我到這個公園來。

看到對情侶雕像，心也寒一寒，雕像跟示愛叔樣子一樣

原來我想去的沙灘在下面

真的有滑翔傘出現

這樣的環境，令示愛叔很有 Feel，示愛叔開始對我毛手毛腳，把面貼過來，我感覺到他的鬚根，我不斷避開他到處拍照，他有時候慢慢從後擁抱，我就說「哇！滑翔傘呀！」

自殺橋

四周也是西班牙語的愛情字句！

又有時候指向另一面「哇！這是什麼？！」這樣大動作來避開他，他又向我介紹對面的橋，很多人為情自殺跳下去，所以政府把橋加上圍欄。

我用約了朋友的藉口來逃走，他要我留下來陪他看日落（誰要跟你看日落？），我不斷說要先走，最後交換了電話才放手，說好明天在同一地點等，一起去看日落。

那當然第二天我足不出戶，因為我真的超級害怕再遇上他，唉…其實我很想在那裡看日落啊！

變態佬真身

# 《出走世界後・第七十九天》

## 南美洲

### 身體篇

1. 我的體重沒有增加或減少,但是背包的重量卻不斷增加,其後我丟掉很多不必要的東西。

2. 臉上長了兩點斑,每天很緊張地塗防曬,原來這環境我也在乎樣貌。

3. 生理期在香港痛得要命,出走後幾乎沒有痛過。

4. 看到自己有很多腳毛長了出來,我會留長到最後幫它們打蝴蝶結。

5. 頭髮不斷長,我只剪到前面,後面剪不到,髮型奇奇怪怪但又很滿意。

6. 我平常洗頭後一定要用風筒吹乾,否則第二天會頭痛,但無奈很多旅館沒有風筒,幸好頭也沒痛。

7. 感冒傷風小病是有的,對旅程影響不大。

8. 我的頸傷和手傷也好了八成。

攝於利馬流浪貓公園

# 文化篇

1. 每個國家也流行垃圾分類，自己也要看一看才會把垃圾丟掉。

2. 當地人吃什麼我就吃什麼，喜歡在街頭買小食，也接受他們的「獨特口味」。

3. 很想用中國的鑊炒菜，外國用的全是平底鑊，很久沒用筷子，很想買一雙。

4. 偶然有一兩次很想吃港式沙爹牛肉公仔麵。

5. 很多香港人覺得中國人來港旅遊所做的行為實在是差到極點，在外地看到中國人也很有禮貌和不會胡亂掉垃圾，完全相反。

6. 說到演戲，真的不及南美的演員爛，看到電視劇老套的演戲方式，太好笑了！。

7. 其實香港人的衣著很前衛，外地最前衛的打扮方式，只不過是我們的九十年代打扮方式。

8. 他們拍照的 Pose 很老土。

9. 感覺外國人很大膽上山下海也不怕，很會照顧人。

# 挑戰南美洲四
## 探訪阿根廷

# 黑市兌換

到步布宜諾斯艾利斯（Buenos Aires），就要去試一試黑市兌換外幣！

今次有免費旅遊巴士去旅館，真的太好了！終於不用花錢，不用怕迷路，不用跟計程車司機殺價，輕鬆踏出機場去市區。這旅館真的不錯，包了早餐和晚飯才 HKD$70/晚！不得了吧！

（只需給四晚價錢，優惠住五晚）旅館地方很大，有廚房，我住了一整個月。

## Hostel Suites Florida
### Address：Florida 328，Buenos Aires，Argentina

我正正住在最多黑市兌換外幣的地方，非常方便，整條街也有人叫"Cambio！Cambio！"（Exchange 的意思），黑市兌換外幣兌換匯率比較好，但只會收美金和歐羅。

幸好我在秘魯利馬的提款機提到美金，我帶了一個月要用的美金來到阿根廷，而每一次我只對換 $100 美金，始終是黑市兌換外幣，不要拿一大筆錢去兌換，如果兌換回來的全都是假銀紙那就肉痛了！

官方兌換匯率是 7.98，而前一個月聽背包客說黑市可以兌 10.7，可惜我問價全都是兌 10.3 至 10.4 之間。

我跟着一位穿黑色衣服的男人，他帶我上去一座大廈，上面全是白色牆，有很多隱蔽的房間，有些門外貼上一張白紙，沒有號碼，接着轉彎位又有兩個人接手帶路，應該是同黨吧。

同黨帶我到一間小房間，裡面有一個細窗口的櫃台，我給他 5 張 $20 美鈔，因為我的紙幣面額小，最多只可兌 10.3，兌換後我每一張銀紙也檢查清楚，確保沒有假銀紙才離開，那男人又會把我送回原來的地方。

我回去旅館，把錢收好，又走到第二間問價，一來就是 10.3，好吧剛剛也是 10.3，又同樣地有兩個男人帶我上大廈，大廈其實不是恐怖哪種，普通的商業中心。

今次的房間只有一部數銀紙機，我一樣拿出 5 張 $20 元的美鈔，而他說只可兌 10.2，接着我說不換了，自己開門走了，剛剛也可以兌 10.3 啊！

如是者第二天又去換錢，最多只可兌 10.10 至 10.20，今次很簡單，就只在街頭某角落，直接兌換錢給我，很快手，

市價不是太好呢…但總好過官方的兌換匯率吧。

黑市兌換外幣不是想像中可怕，我還覺得很有趣。

附近的便利店

# 單獨去 La Boca / 被街童欺負

對！就是單獨去 La Boca，聽說那裡很危險，附近是貧民區，先前在智利認識的兩位荷蘭朋友叫我千萬不要自己去，而其他去過 La Boca 的朋友也建議我結伴同行。我在巴西經常外出到零晨才回去旅館，不知死活的我還是會自己去，其後也去了三次，只要在貧民區小心一點就好。

以前這個貧民區，連失火的時候，消防員也不會來救火，所以他們自組了義工消防隊

早上從我住的地方出發，我住的地方有點像香港彌敦道的步行街，說真跟尖沙咀沒太大分別，店舖差不多一樣例如 Roxy，Puma，各大化妝品牌……等等。

La Boca 小狗

而旁邊就是拍攝「春光乍洩」那
一幕梁朝偉坐艇仔過河的場景

可看到這牆的塗鴉留下
當時 La Boca 獨立的歷史

　　我到外面找乘 29 號巴士，非常感謝 Lester 給我的阿根廷「八達通」，在阿根廷乘火車和巴士很方便。下車後看到一間間彩色小屋，有點像電影拍攝場地！La Boca 最早期是由義大利 Genoa 人創立，他們千里迢迢坐船來移民，結果沒有得到當地政府的幫助，只好在這港口建立自己居住的地方。"Boca" 也是港口的意思，當時沒有太多物資，用了鐵皮來蓋房子，用剩下的油漆來塗外牆，也因為他們對政府的不滿，在 1882 年自行宣布獨立，當時總統感到憤怒而立即阻止，在 La Boca 四處圍牆也留下歷史的塗鴉。

　　這裡遊客非常多，而各類型的紀念品也很吸引我，如果以我最喜歡的紀念品排序：

# 第一位

### 《Dulce de leche》

　　翻譯是 Candy Milk，是一種塗麵包的奶油，是超・級・好・吃啊！

　　當地很流行這個 Dulce de leche，味道似朱古力焦糖奶油，甜而不膩，有一種獨特的味道，就連當地的麥當奴雪糕，布甸，糖果，餅乾和蛋糕也有這個口味。每天旅館的早餐也有這個醬，我會把香蕉切粒，沾 Dulce de leche 來吃，就似朱古力香蕉！

# 第二位

### 《Mate》

瑪黛茶，是阿根廷的傳統國茶。在街上會看到很多人拿住 Mate 杯配一支金屬飲管，飲管另一端是過濾茶葉的篩，這茶有抗氧化 / 退火解熱 / 消除疲勞 / 補充體力 / 改善緊張問題，一種萬能的茶，在這裡傳統飲 Mate 的禮儀是把喝過的茶，互相傳來傳去分享，帶着熱水壺外出也是很平常的事。

# 第三位

### 《皮外套 / 皮行李箱》

阿根廷除了牛扒出名，牛皮也是特產，HKD$499 就可以有一件真皮外套，還有超美的皮行李箱，如果我是一個普通遊客一定會破產！

## 雷克萊塔墓園

### (La Recoleta Cemetery)

墳場聽上去很可怕，不過在外國人角度又有所不同，遇過有些背包客在墓地過夜，他們說墓地有水源，又有先人庇佑，又有人打埋，簡直天堂…嗯，我還是比較傳統，多省錢也不想在墓地過夜。

貝隆夫人墓地

雷克萊塔墓園埋葬的人包括有阿根廷總統、拿破崙孫女和大將軍等，全是非一般的政治人物，還有其中一位對阿根廷極具影響力的女性：貝隆夫人。

她是阿根廷人心中的女神，本是一無名農夫的私生女，出身貧窮，十五歲踏上演戲生涯，後遇上總統胡安貝隆成了貝隆夫人。"阿根廷，別為我哭泣"（Don't Cry for me，Argentina），是 1996 年電影《貝隆夫人》(Evita) 的主題曲。因出生草根階層，她對社會的低下階層特別關心，改寫了阿根廷的命運，可惜貝隆夫人一生短暫，後來得了癌症，英年早逝。

去完墓園後，走到不遠就是一個「大花朵」的地標，其實對這個建築沒太大興趣，只是阿根廷明信片上常印有這大花朵，看到公園沒有太多人，我進去拍個照吧。

可見各墓碑也不簡單

我走進去從旁拍了兩張相片，然後離開，但後來發覺相片拍得不清楚，所以我又回去公園再拍多一張，正當我低頭看相片時，忽然之間，身邊有三個衣著像乞丐的街童包圍住我，身高跟我差不多，我未知道發生什麼事，只聽到一堆西班牙文，我當他們透明，雙手保護住相機向前走，其中一個街童在前面攔住我（我簡稱大佬）。

大佬：「Dame Dinero！」（意思：拿錢出來！）

我心想：（今次仆街了）

這刻我看到遠處有幾個外籍遊客在大花朵面前拍照，大約 6 米遠，我樣子裝聽不明白，然後向前走，誰知大佬一手大力捉住我手臂，扯起我的外套，捉住我不放手，我最討厭就是別人扯我的衫！這下子我也發火了！

我：「NO！GETOUT！QUE CARAJO！」（西班牙語粗口）

我故意大聲喝停她，我希望遠處的遊客聽到，然後我一手把大佬推開，樣子裝沒事的向前走。

就在這個地方被街童欺負

其實我心裡非常害怕，又不知道有沒有其他同黨，但如果是怕她們的話，一定繼續跟我糾纏下去，我一直向着有遊客的方向走，她們跟着我，我裝起樣子完全不笑，像不在乎她們，向着大花朵拍照。

當她們再三問我拿錢，我再次大聲喝停他們，再過多一會，依然想再走近我身邊，我站在一個女遊客旁邊，女遊客是澳洲人，她意識到我想求救，就叫街童們離開，然後保護我離開公園。

到出了公園後，就跟我道別，感謝這陌生人的相救！我很怕街童們再跟近我，我盡快離開這一區，走回旅館最快也要 20 分鐘，沿路沒有太多路人，冷巷位置很多，連等馬路時也回頭看一看有沒有躲在附近，我回到我住的地方才能放鬆下來，真的嚇死我了！

# 童年回憶‧伊瓜蘇掛畫

世界有三大瀑布，都是橫跨兩個國家：

尼亞加拉瀑布（美國及加拿大交界）

維多利亞瀑布（東非贊比亞及津巴布韋交界）

伊瓜蘇瀑布（橫跨巴西及阿根廷）

自小很喜歡看瀑布，可能是小時候家中掛住一幅很大的伊瓜蘇瀑布畫而引起興趣，呆看着瀑布，會很想走進畫入面。

伊瓜蘇瀑布由 270 多個大大小小的瀑布組成，何其莊觀和震撼，完全想像不到另外兩個世界瀑布如何比伊瓜蘇更厲害！而我去的是阿根廷瀑布公園，聽說比較多水上活動可以玩，如果想從巴西那面看瀑布，也可以從伊瓜蘇乘 2 小時巴士過境。巴西瀑布公園沒太多景點可濕身，當然景觀一樣震撼。

在布宜諾斯艾利斯出發，下午去巴士站買車票，巴士站有 50 多間巴士公司，可通去南美各地方。

我隨意選了一間，用了 $801/peso 買了巴士票，可不便宜呀！用信用卡就 $801/peso，回程時才知道付現金只需 $600/peso，售票大叔又沒有提醒我！$200/peso 我可以多住兩晚 Hostel 了…！

我買了晚上 09:00 正開出的巴士，全程坐 18 小時，第二天的下午 03:00 正才到達。

下午去了上 Tango Class，之後速速收拾行李去車站。

我在這裡上了 Tango Class

長途巴士上有「地少」服務（飛機是空少），巴士像飛機一樣有洗手間有餐飲，還有被單和枕頭等，椅子可以調低，建議坐上層比較舒服。另外也可乘內陸機去，當時一程要 HKD$1440，我坐巴士來回也不到這個價錢，坐過夜巴士還可節省一晚住宿費。到了伊瓜蘇（Puerto Iguazu）小鎮，巴士站旁就是旅館，這旅館感覺不太良好，洗手間很骯髒，

晚上認識了一位挪威女生，心想約她明早一起吃過早餐後出發去瀑布，可惜早上等了 2 小時也沒見人，我只好到外面買巴士票自己先去，最後原來她遲了起床。進入公園前我先全身噴上蚊怕水，免被蚊蟲成為目標，沿路有長鼻浣熊出現，工作人員說不可以餵食或觸摸牠們，一、牠們是吃垃圾；二、有攻擊性。

「魔鬼之喉」

「魔鬼之喉」前的步道

看我頭髮被水花濺到滴水！

　　跟一大堆遊客上了小火車，先上去「魔鬼之喉」看看！

　　地圖說步道要走 1 小時，其實 25 分鍾也能走到，遠處看到「魔鬼之喉」的水花和煙霧升上天，平常在電視機上看到的畫面可以出現眼前！一陣陣怪風會濺到全身濕透，為保相機安全我等風未來到之前不斷影相拍片，遊客眾多要不斷攝位拍照！企了一會頭髮也滴水，免得冷病我拍完就快快走了。

水花淋浴台

　　下面有很多步道可以走近觀賞瀑布，阿根廷這面瀑布公園設有淋浴台，就是在瀑布底下感受一下水花，當走完所有瀑布我就去玩快艇濕身。

從下面觀看瀑布

彩虹啊！

　　泳衣也準備好了，快艇約 $220/peso（12mins），生意真好賺呢！我穿上救生衣，心情很興奮站在第一個，上快艇前會派一個防水包，可以把所有隨身物品放進去。

　　船員會幫忙拍影片，當快艇開始駛近瀑布底下時，船長：「Are u ready？！！」，我跟大家一起大叫「YES！！」，衝啊！！！真的駛進去瀑布下！還可以伸手觸摸到瀑布！超級爽啊！我的耳朵全都入水，水花不斷打在臉上，感覺猶如十號風球一樣！「魔鬼之喉」果然名不虛傳！

　　玩了大半天全身也很累，難怪旅館職員說最好預留兩天時間在公園。票尾可於第二天半價再入公園一次，而伊瓜蘇公園裏面也有一間酒店。回程時在車上翻看相片，小時候家裡牆上的伊瓜蘇瀑布掛畫，想不到長大後真的可以親歷其景！

伊瓜蘇的黃昏

玩快艇濕身

# 巴日籍肥妹與姦夫（上篇）

我在布宜諾斯艾利斯的時候，來來回回在同一間旅館住了一個月，認識了不少朋友，八婆事也很多。

其中一位巴西混日本籍的女生真的令我啞口無言（註明：她是沒到過日本，父母是日本人，出生於巴西）。先前我跟她和一個香港女生有到過唐人街吃晚飯，那香港女生退房離開後，我也認識了其他同房朋友，而這個巴日肥妹也有問我拿 Whatsapp，但我們沒有聯絡。我對巴日肥妹也沒太大好感，聽說巴日肥妹的家很有錢，家有司機接送，來這裡是因為準備考試和溫書，考什麼醫學科目，已考了 5 次也不成功，跟我一樣在布宜諾斯艾利斯住一個月左右，而她住的是私人房。

直至我從伊瓜蘇回來後，我才在旅館大廳再遇到她。我們有一起吃晚飯和散步，她超愛吃中國和日本菜，有一次我有被她拉去吃一餐貴價壽司，跟她外出兩至三次左右，每次離開旅館走不到 400 米，她都會說很累要回去午睡，所以我不會跟她外出太遠。

重點來了，巴日肥妹本來已經有男朋友，而她先前在旅館大廳又認識到一個外籍男人，還說那外籍男人向她展開追求。可是，巴日肥妹在背後說盡這個男人的壞話，又說很不喜歡他之類的說話。其實這刻已感覺到巴日肥妹的性格有點假，何解？因為第二天早上，她跟那男人（我稱為姦夫）在旅館大廳公然調情，摸上又摸下，還在旅館門口擁吻。當她跟男人說再見後，轉身又走過來跟我說，用純情天真的眼神看着我，告訴我其實不喜歡他，嗯？幹麼？你們剛剛才擁吻完！

可憐的我被她拉到街上散心，每一次跟她外出也是陰天下雨，最討厭是她拿雨傘的慳力方法，是一邊走一邊把雨傘擱在我的頭上，天哪！她說拿着雨傘會很累！（你剛剛才開不到一分鐘呀肥妹）

把雨傘擱在我的頭上，想用我的頭頂着雨傘的重量就不需用手拿…

而且吃飯的份量比我還要少，有一次肥妹買了一個飯盒，吃了三粒米，轉頭就整盒掉了，啊！超浪費！有錢人真的是這樣嗎？過了那一天後，我真的不敢再跟她外出。那天晚上我很失望，想住回房間跟我同房的朋友一起閒聊，可憐的是她們全都外出玩通宵，沒有回來。我自己一個在冷清的六人房有點害怕，更加害怕和糟糕的是連看兩集蠟筆小新也是說鬼故事！（搜尋：蠟筆小新新番 811-812 集）

另有兩位韓國姊妹在同一旅館一樣住了一個月，兩位姊妹實在太特別，可以令整個旅館的人也討厭她們。我在伊瓜蘇遇到的韓國人已經很沒禮貌，對她們沒好感，這兩位韓國姊妹更過份的是，在廚房煮完東西後是不會清洗，平底鑊燒焦了也不會洗，而旅館的廚具是公用的，她們不清洗，下一個要用平底鑊的背包客就要幫她們洗。旅館大廳有很多梳化排成大 U 字形，每天只會看到她們兩個在大廳玩電話和玩

Online Game，非常引人注目。而兩位韓國姊妹經常黑面，大家沒興趣看她們一眼，就連外國人也看不順她們。最可笑是有一天晚上，我碰到姦夫和幾位外籍男生在大廳閒聊，遠處坐對面的就是韓國姊妹，原來姦夫跟幾位外籍男生都是跟她們同房！！根據可靠情報，他們說韓國姊妹每天早上用洗手間三小時，在裏面幹什麼呢？就是化妝（注意：她們只在旅館，不會外出）

姦夫還說她們每天拉屎要45分鐘（這一定是條很長很長的屎）。而她們的儲物櫃全部是化妝品，旅館的儲物櫃很大，可容納兩個我，我也很想看看她們的「化妝品專櫃」哈哈。

因為混合房要共用一個洗手間，韓國姊妹也太過份，所以幾位男生早上忍不住下去大廳用洗手間，聽到這裡我也笑瘋了！每次要跑下三層才可去到洗手間！很可憐呢！

每天這樣等三小時，不但會膀胱炎，還會錯過了旅館免費早餐的時間！

他們還學韓國姊妹的化妝手勢，又拿韓國總統的樣子跟他們作比較（真的很像！）喜歡看韓劇或愛好韓國的朋友真不好意思哈哈（不要打我），事實我真的不太喜歡韓國人呢！

相信也是個別問題，一樣米養百樣人吧！

我們在談八婆事的期間，發現姦夫原來知道她女朋友（巴日肥妹）是很有錢，而剛好姦夫又是巴西人，所以就想跟她一起了，啊…原來這樣…！！巴日肥妹對我態度真的太假，我去巴拉圭的時候做了一樣很壞的事，就是不斷發食物相片給她，然後跟她說我忘記在哪裡買…。

# 人與人之間的奇妙關係

人與人之間的關係很奇妙，有些只相處了兩天就非常合拍，即使坐在你身邊沒有說話，也感覺舒服自然，有的朋友必須要找話題，才不會因靜下來而感到尷尬。聽說是跟前世有關，也許上一世跟你做親人的，下一世有機會成為好朋友守護住你。

我之後有一直想着這個問題，我跟荷蘭朋友 Debby 相處日子不是很久，約十多天吧，很多時候做事和想法也很一致，其後才發現我們是同年出生，生日只差一天，難怪性格那麼似！嗯，我們差不多一樣時間去投胎啊！

另一班巴西朋友又是這幾天認識的，她們是我的同房，三個之中我最容易親近的是 Isadora。

她不懂英語，只會說葡萄牙文，葡萄牙文跟西班牙文發音很相似，可是有很多詞語有相反的意思，例如用西班牙文「漂亮」一詞讚她，她認為是老，一些普遍在生活用的西班牙詞語，在她的語言中是粗口！我們一見面感覺就很奇妙，像心靈相通明白大家想說什麼，不用解釋，雖然三個巴西朋友中最難溝通是她，因她真的說不出完整英文句子，不過我們是最好朋友！相處兩天發現她爸爸媽媽是芭蕾舞家和老師，啊！原來是有共同喜歡跳舞的性格，難怪可以這麼親近，有時候覺得喜歡跳舞的人性格確是與別不同呢！

小食攤位的熱情老闆

　　我跟 Isadora 一起外出探望當地一位阿根廷朋友，而這阿根廷朋友是在去巴西時認識到 Isadora 他們的，他一樣很多時候不明白 Isadora 在說什麼，我們這兩天創了很多詞語笑瘋了！

　　有時候不一定要英語好，才能結識到外國朋友，用身體語言也很有趣！

另一位同房的朋友，
請我去了 Tortoni cafe

男的就是來自阿根廷，
舉起手的就是 Isadora

阿根廷街上四處
也有表演Tango show

如果喜歡看「春光乍
洩」的朋友一定記得這間
Bar Sur, 這就是拍攝「春
光乍洩」的酒吧

十多年也不變的地板

# 挑戰南美洲五
## 愛上烏拉圭的天空

# 路過的小鎮與鬼屋

從阿根廷到烏拉圭，快船只是一小時，船上有免稅商品店。我選了比較貴的船公司 Buquebus，Buquebus 的大船非常穩定，我連開了船也不知道，在船上舒舒服服睡了一覺，貴一點也值得。

下船後就找提款機，常用的提款卡又再提不到錢，我用另一張卡試一試…

「又食卡！又是這張卡！」

有了上一次「食卡」的經驗，今次我拍下了提款機編號，然後直接找當地銀行問。

3 小時前，路過的時候拍下

可惜等了三小時，銀行職員竟然說我的香港銀行封鎖了我的卡，不能拿取！

我出國以來這卡只用過一次！幸好還有信用卡可以生存，銀行跟我有仇嗎？

而今次幸好選了 YHA 旅館，旅館可以刷卡（有些旅館只收現金），當時身上只餘下少許現金，所以吃飯和買東西只好去可以刷卡的地方。

3 小時後…很可愛啊！動作一致！

我的背包留在阿根廷旅館，在烏拉圭玩幾天就回去。

第一天在科洛尼亞（Colonia）留了一晚，小鎮的黃昏日落確是不錯。晚上就不得了，半夜有一個大漢入住，大漢就睡在我的上格床，他的鼻鼾聲跟行雷沒分別，幾乎令整間房的牆也震動！

Colonia晚上的小黃燈，很有氣氛！

全間房的人也醒來了，根本完全不能入睡，我真的第一次忍不住到外面梳化睡，外面的梳化睡了一隻小狗，我跟小狗說讓少許位置給我，我就屈身睡半張梳化，我體型嬌小剛剛好，那晚就跟小狗一起睡。

當時住的旅館

第二天早上我精神還好，旅館的職員很關心我，問我房間是不是有問題需要改善，為什麼我在梳化睡？我說沒事啦！只是同房的鼻鼾聲太大！梳化也舒服啊！吃過早餐後，我跟昨晚的小狗說不好意思，睡了牠的床哈哈！

Colonia 黃昏日落

烏拉圭 Colonia 小鎮

第二天從 Colonia 去 Montevideo，車程約 2 小時，幸好可以用信用卡買巴士票。

烏拉圭的車費也不便宜，這一程要 HKD$150 左右，原來烏拉圭的物價比香港還要貴，意想不到城市很繁榮，巴士有免費 WiFi，還比阿根廷長途巴士舒服很多！椅子的枕頭位置剛剛好，加了氣墊很舒服呢！

其後轉巴士去了一間鬼屋，這鬼屋就是我住的旅館，不是撞鬼，而是跟鬼屋沒分別！

下車走了五個街口，後巷靜得可怕，明明外面是鬧市，分別卻很大，旅館門口有尿臭和狗屎（嘔）！

還掛了一支破舊的大爛旗，氣氛有點兒可怕…嗯？我明明訂的是 YHA 啊！

進去後發現，是一間大宅，中間有旋轉式樓梯，很奇怪…為什麼沒有人？

門突然 "呼！" 一聲關上，弱小的心臟也嚇了一驚，我大叫了幾聲…

「Hello ？ Hola ？」

有一個大叔拿着「士巴拿」慢慢走出來，跟我說西班牙文，說他不是負責人。

後面又突然彈出了一個小子來跟我說「哈哈！我的英文很爛！」奇奇怪怪…我說我訂了一晚住宿，想請負責人出來，那負責人突然不知從何處飄出來！沒有腳步聲！還好懂少許英語，然後帶我去房間。

4 號房嗎？真不吉利。

先前也試過一個人住一間無人的 Hostel，但這間比較恐怖一點…平常旅館的床單是獨立包裝，乾洗好，整齊乾淨，而這個負責人手上拿着一團東西，放在我的床上，那團東西攤開是床單和枕頭套…

「你睡這張床吧。」

床單和枕頭套的破舊程度，有點似路邊的乞丐用過，滿佈毛粒又破洞，我後悔沒把睡袋帶來。

晚上我在旅館大廳用電話上網，後面的女生確是大方，坐在男的大脾上，「吱…吱…吱…啜卟！」（親吻的聲音）

我這 1 小時真的難過，房間又沒有 WiFi 和充電位，被迫聽着他們的呼吸節奏，在大廳充電和上網，廚房更不想說，骯髒程度很是十級恐怖。

洗手間和沖涼房都在大廳的走廊盡頭，白色瓷磚加上被打碎了的玻璃鏡，配上微弱的燈光和生銹花灑，門還要沒有鎖，嚇得我洗澡時不斷祈禱，還發現這裡的蚊用花灑也趕不走。

令我最生氣的是什麼？就是早上坐在接待處的黑人女人。

她像吸了毒不清醒，我問她在哪裡可以坐小巴去大巴士總站，她拿出世界地圖，此刻我感覺到情況不妙，她用原子筆不斷沿住地圖上的每一條公路走，地圖路線密密麻麻，我呆看着她在地圖上遊了5分鐘，我忍不住追問：「不好意思，你告訴我幾號小巴可以去到就好了。」

接着她還是用原子筆沿住世界地圖的公路走，然後圍住烏拉圭畫圈圈…畫圈圈…畫圈圈，地圖也畫穿了…之後又出現那昨天的小子，走過來說「哈哈！我英文很爛！」

心想：（有沒有一個人是正常啊…？）

其後我說不要緊，我先退房，反正外面有旅遊中心可以詢問，最生氣的事來了，黑人女人不懂用刷卡機，還說我的信用卡有問題。我看着她把我的卡有磁帶部分向上（正常向下），來回刷來刷去，我的臉頓時跟她的皮膚一樣，變黑色了！

我把卡拿上手，幫自己刷卡，然後叫她按銀碼，她竟然不懂…幸好清潔大嬸還比她清醒，到外面叫負責人回來，在等待期間，黑人女人說：「不如坐下來吃個早餐」

「其實我剛剛在你旁邊吃完早餐…。」我內心默應着。

過了一會，負責人終於回來打救我，負責人刷了一次卡已經成功，我就問他如何去巴士站，負責人簡單拿出一個地圖，一指我就明白了，唉…很可怕的旅館，我手上還被房間破舊的櫃釘刮傷流血，還是快點離開好了。

# 夢境中的白色小屋

(Punta del Este. 17 MAY 2014. 時差 -11HRS)

烏拉圭 Punta del Este 白色小屋是我整個旅程中最驚喜的景點！連 Lonely Planet 也沒提及到的神秘景點。離開鬼屋後就去巴士站買票到 Punta del Este，大約 2 小時就到了。一醒來看到窗外的大海，哇！超美啊！整個城市都被天空和大海包圍住！下車後就找旅館，咦？…原來我早了下車，那麼這裡是怎回去？問了很多人也不清楚，幸好兩位友善的阿根廷人看到我很迷茫，主動問我，還載了我去旅館，路上每次遇到困難當地人也很樂意幫忙呢！沿途見到很多白金色的樓房和酒店，全是歐美和阿根廷人的物業，樓房都是面向海，兩位友善的阿根廷人把我送到旅館門口，下車後連忙向他們道謝。

我的旅館

友善的阿根廷人

第一次看到這麼美的沙灘

開心到跳起！

烏拉圭「五隻手指」的地標

旅館位置也超讚，外出轉彎便看到沙灘，天氣十分好，我沿着海邊一直走到傍晚看日落。在烏拉圭 Punta del Este 才真正感受到什麼是天空海濶！走到中途又碰見那兩個阿根廷人，原來他們在附近做生意，其實在我坐船去烏拉圭的時候，再碰到我在伊瓜蘇認識的挪威女生，世界真細小呢。

大自然的風景

而今次來烏拉圭的主要目的，是看畫家 Carlos Paez Vilaró 的畫室 Museo Taller de Casapueblo，那是我夢境中的白色小屋，有點像希臘地中海風情。這位畫家在 2014 年 2 月在此去世，而這畫家的兒子也有一個故事。他的兒子是國家欖球代表隊的隊員，有一年乘飛機到智利參賽，在阿根廷和智利邊境的終年積雪安地斯山脈不幸墜機，這墜機案當年還拍成一部電影《我要活著回去》，各地搜救隊一直找不到飛機和乘客，宣布放棄搜尋。而這位畫家組了一個搜救隊繼續搜尋，終於在空難後第七十二天找到了飛機及幾位生還人員，他的兒子就是其中一位，在終年積雪的雪山上究竟他的兒子如何生存？就是吃死去的屍體，這真人真事的電影確實震驚全球。

入口在公路旁

"Bienvenidos" 指歡迎光臨

畫家 Carlos Paez Vilaró

啊！實在太美！

裏面有一間餐廳,
有點在船倉內的感覺

迷你電影院介紹畫家的生平

作品比較獨特

露台簡直是無敵

露台是可以看到日落

阿寶來一張

在遠處的日落

回程走了 22 公里

　　這個地方是我的驚人大發現，成為我心中的小希臘，在回去的時候因截不到順風車，足足走了 22 公里才回去，沿路看到那火燒紅色的日落，感動得哭了！

# 巴日籍肥妹與姦夫（下篇）

（或許我心虛，在阿根廷旅館打這篇遊記時，總覺得肥妹就在我附近，誰知一轉身，就看到她拿着大杯雪糕出現！！我嚇得立刻關了iPad，按回主畫面，其實她不懂中文，只是我太緊張）

當我在烏拉圭的時侯，我發了很多食物相片給巴日肥妹，平時發短信問侯她，她也沒有回覆我，今次看到食物相片才有回應…（哈哈很現實）

上一次我去伊瓜蘇的時候，也沒有問我何時回來，那次還在伊瓜蘇買了月曆和明信片給她，其實我應該留回給自己的，今次她有想念我了，說回去後要帶她去吃好東西，我回到布宜諾斯艾利斯已經是晚上，並沒有發信息給她，反正明天吃早餐的時候自然就會碰到。

第二天早上見到巴日肥妹，吃免費早餐的地方在旅館地下一間酒吧，進去時要報上房號，我報「301」，她是「310」，然後我去拿早餐，巴日肥妹神情怪異，打橫行了幾步…

我：「Are you OK？」

肥妹：「原來…你跟我住同一層？」

我：「對啊，昨晚才回來，轉了房間，有什麼問題？」

（不是怪我沒有告訴她吧？）

我們坐下來吃早餐，看到她樣子憔悴，問她發生什麼事，原來…她跟姦夫分手了！

她說經常看到姦夫在大廳和其他新來的女生打情罵俏，有一次忍不住上前問姦夫，為什麼跟她拍拖，但又去跟其他女生調情？（我心想：你自己也是啊肥妹）

她說姦夫回答：「有什麼問題？大家開心過就得啦！」（哦⋯原來是這樣，姦夫我撐你）

之後肥妹說姦夫所有物品也在她房間的儲物櫃內，昨晚通通都拿出來還給姦夫，吵完一場大架之後就鎖了房門，沒有再見了。

（補充：先前上篇提到，肥妹是住單人房的，姦夫是住經濟6人房，她說將自己儲物櫃的東西拿出來還給姦夫，那他們之前應該住同一房睡在一起吧）

肥妹說她失戀了（心想：嗯你先前不是說不喜歡人家嗎？我去烏拉圭才5天⋯你們也太快分手了吧）

看她這樣失落，我告訴她在哪裡可以吃到濃厚芝士Pizza，她心情果然真的好一點！

吃完早餐，我們一起回房間，我不喜歡等電梯，住三樓四樓也是走樓梯的，但肥妹是絕不會行樓梯，我就撓着她的手臂，叫她陪我行，只不過到二樓，肥妹邊喘氣邊說：「我⋯我好似透唔到氣！你孭我吧！」

（其實一層得十級樓梯⋯）

我拉住她一直行⋯送到她房門前，忽然間，我看一看窗外，正在下雨，想了又想⋯怎麼每次跟她外出也是下雨？

我還是不帶她去吃Pizza，免得她又把雨傘擱在我頭上！

# 《出走世界後‧第一百一十天》

　　去完整個南美洲，似乎最無驚無險是烏拉圭，第二就是阿根廷。

　　在阿根廷每隔幾天就有人示威遊行，對當地人來說是最平常不過的事。

阿根廷總統府，
當地人經常在此眾集示威

晚上阿根廷總統府前

南美之旅完結前，來談一下我的旅行生活習慣。

**1.** 在香港很少喝冰的咖啡奶茶，一來不太健康，二來我每次喝完不能提神之餘還會胃痛，間中外出跟朋友吃飯才喝一杯凍飲。大多只會叫熱檸水不加糖，在南美的餐廳是沒有熱檸檬水供應，要自己煲熱水和買新鮮檸檬。

他們通常只有咖啡咖啡和咖啡，他們的咖啡還要很濃不加糖不加奶，但我神奇地沒有胃痛！

另外不知道是否因為每天吃蕃茄的原因，臉上減少了許多雀斑，皮膚也好了，背包客的貧窮蕃茄餐確是有益！

**2.** 香港朋友問我肥了還是瘦了，在外地沒有擔心過自己肥或瘦，最重要是身體健康。

我能把自己吃得飽，穿得暖，過得很好，那就算肥了也應該自豪吧！貧窮背包客還要減肥就真的糟糕呢！

如果我瘦了的話，朋友們又希望我吃多一點長多點肉，這個是沒完沒了的問題。

**3.** 熱水真是珍貴的東西，試過很多地方用冷水洗澡，到了有熱水的旅館，我會在 Hostel World 留言說讚！旅館很多時不是恆溫熱水爐，一時水溫冰到全身震抖，一時就熱到皮也灼熱，有時候洗澡的地方太細，一轉去熱水太熱，來不及走開，我就貼着牆站，避開花灑，去開凍水掣。

**4.** 廚房對我來說很重要，乾淨和調味料要齊全，沒有油或鹽的時候，只好買罐頭倒一點油出來，旅途中也不會想買油或鹽，因為不方便帶走。

**5.** 一直以來自己用手洗衫，慳回不少洗衣費用，去到有晾衫的地方（如露台或大窗戶）會很開心！

6. 旅行的日用品經常要補充，平時在家中只是媽媽負責買，原來牙膏、肥皂、洗髮水和衛生用品等，加起來也不便宜，要格價才行！

7. 我是香港人，食最要緊！背包客出來行走江湖，拿手小菜一定是煮意粉！可以有不同的便宜配搭，蕃茄 / 洋蔥 / 芝士 / 火腿 / 雞肉 / 磨菇 / 白汁 / 粟米湯 / 肉醬等等…其實背包客不用捱麵包，因為麵包很貴，而意粉一包，可以分開吃很多餐，材料在超市買到也很便宜，煮法簡單容易又飽肚，想吃好一點就加一塊煎牛扒，或牛油果沙律，暫時覺得最好吃最平的牛油果是智利，其次才是新西蘭，而最怪味道的是秘魯。

8. 每一站我都丟掉背包裡不必要的東西，先前在澳洲和新西蘭外出也會帶藥 / 消毒洗手液 / 紙巾 / 電話 / 護照等等，反而到南美一直只帶地圖 / 錢 / 相機，方便放在衫袋裡，一來我不想帶袋外出，怕成為小偷的目標，二來發覺我即使沒有帶藥 / 消毒洗手液 / 紙巾 / 電話等，也沒什麼大不了，沒有帶的時候就沒想到需要用。

9. 原來我們的 HKD$2 硬幣真的很特別，我暫時到那麼多國家的硬幣也是圓型的，外地人見到覺得很有趣，我背包剛好有 8 個 HKD$2 硬幣，全都送給路上的朋友。

# 歐陸小鎮周邊遊

# 遇上台灣大媽

(西班牙馬德里.31 MAY 2014.時差 -6HRS)

人生第一次到歐洲是什麼感覺呢？每一次上飛機離開，去一個新地方，感覺就像打完一場勝仗，冒險之旅得以延續。而歐洲給我一個充滿浪漫童話故事的感覺，治安又比南美國家好，我可以好好享受旅程。

台灣大媽的帽子太大，經常碰到我，我視線被遮擋，看不到她，她又不停說話，有時候聽不到，我就蹲下來聽

我在西班牙馬德里 (Madrid) 時遇到一個台灣大媽介紹平價巴士票給我，大家都是亞洲人，就以為可以好好一起出外玩啦，誰知跟她玩了三天，令我有點生氣和頸痛。無論室內室外，陰天或在巴士上，她也戴着一頂大帽子（有點似農夫戴的）。她身型比我矮小一點，而她說話時不會抬頭，只會貼近我膊頭位置說，這樣我其實看不到她，只看到大帽子在動，我要蹲下來伸進她帽子裡聽她說話，說話聲音還要很小，我每天蹲低聽她說話不下一百次，大帽子又不停撞到我，弄得我整個人也很累，第三天我真的頸痛！

最可怕的是，她每次在紅燈過馬路時，完全不看訊號也不看車，我每次也要大力拉住她，有意外怎麼辦？有時候來不及拉着，如一支箭般走前，上前叫也叫不停。我告訴她要小心一點，她的回應是：「你們香港人愛等車子停定，行人才過嗎？我不怕！你看！車通常停給我，讓我先過！」

其次，她又愛亂摸別人的展品和水果店裡的生果，有一次那水果店上面寫着「如要觸摸，請先購買」，她又去摸別人的生果，最後店主要她買下，又跟店主爭吵，她最後沒辦法就要買下，還問店主有沒有水清洗生果，哎呀！快點走吧！我說下次要買的時候才能摸呀，她說：「不摸不知道是不是壞的！是那店主有問題！」

最糟糕的一件事是，有一次我想去洗手間小便，她卻叫我去草叢解決，我說一會去博物館找廁所就可以，我不想在草叢小便，她回應說：「那你沒資格當背包客！」

她年紀比我大也是長輩，所以我沒有說什麼，也不會跟她爭吵。

我只是心裡覺得：（這是歐洲啊！上面有很多遊客，不想讓外國人看到我哪麼羞！）

第一天因她告訴我有平價巴士票，所以當晚我煮飯給她吃，當作是我的回禮，誰知第二天還問我：「你今晚煮什麼？我吃你的！」，我告訴她我昨天煮的菜，全都分享給你了，要去超市買。晚上做飯時我們買了很多東西，相信如果大家買差不多一樣價錢的東西，付錢時就平分吧，反正是一起煮晚飯，她卻看到我買的比較便宜（其實只比她便宜 € 0.20，相等於 HKD$1.5 左右）她覺得自己買貴了，價錢平分就不好，問我拿回錢…天哪！這兩天她吃我的意粉我都沒跟她計較，我先前還要給她 € 1.5 買導遊指南，我也沒要她還，她過兩天就回台灣工作，我還有大半年旅程沒有工作收入，這少少錢也要計較，我也無話可說了。

到了晚上自己編排行程時，她又強行把自己一套套計劃套在我的行程裡，還說我很浪費時間去休息。

我是喜歡留時間早上跑步，
下午去沙灘，不是每天跑景點，
經過三日的折磨，我發覺我比較
適合自己一個人旅行。

Segovia Alcazar Castle

我最愛的風乾火腿包

可愛的阿寶

Tolede 古城，離馬德里 70 公里

Segovia 羅馬引水道

# 巴塞的咸豬手印度佬

(西班牙巴塞隆納.5 JUN 2014)

先說說在巴塞隆納(Barcelona)頭幾天，我都住在北京人家中，張阿姨煮的早點小菜，每天都是不同款式，有自己做的油條、包點、炸菜、辣筍等，我想說每一樣都非常非常好吃！我走前還畫了一幅畫給她，上面寫着「張阿姨做的菜是世上最好吃！」，逗她開心，當中也認識了一個上海人，還交換了電話，她又送我面膜，叫我到上海時找她。

其後我搬了去另一間旅館，旅館老闆身型像黑色大猩猩，有點似電影哈利波特的海格，他替我搬行李，其後又優待我轉去另一房間，他說另一個房比較貴，床會舒服一點，當然照收我原先的價錢。

我在房間收拾行李時，老闆在廚房弄了一杯香蕉奶昔給我，接着我去廚房時，又有一個阿根廷靚仔煮飯給我，幹嘛大家對我那麼好？靚仔是沒有問題的，但來自印度的老闆就整晚跟我聊天，又對我毛手毛腳，又想錫我的臉，我很想說為什麼只有「阿叉」同「阿叔」們對我有興趣，靚仔就對我無興趣？

開始時他對我摸摸頭，之後他的手就輕輕掃到我屁股，我開始有所防範。

同房也有其他女生，老闆有時候會突然進來放些小食在我袋上，我說不要，他還多放兩包。

後來知道他是印度人的時候，我心有點兒害怕，在我腦海中還記得他說「India」一詞時，樣子很可怕，India…India…India…好像有回音在我腦海徘徊。

第二天，印度老闆在我做飯時又看着我，幸好又有另一女生喜歡看着我做飯，兩個人一直看着我，直到我把飯煮好，兩位就坐在我前面聊天，聊到一半那女生離開到外面找朋友，餘下我和印度老闆。

印度老闆給我看了很多影片，其中有一段片是男性的下體，我推開他，他又再迫我看，原來影片中的是小孩子，有點想挑逗我的感覺，嗯…很嘔心！

而他聊天的話題，開場白是「我有6個女朋友，你呢？」又問了很多性問題，應該想引我注意吧，我回去房間用電腦，不想再跟他聊天，他卻一晚出出入入我房間4次，幸好我在上格床，如果我睡下格床的話，真怕他會爬上來。晚上只有我和另一個同房女生，其他人也退房離開了，同房女生又剛好外出，印度老闆入來房間聊天，告訴我女生應該留長頭髮，最過份是…他伸手輕輕拍我心口！還一本正經地叫我做多點「健胸運動」讓胸部大一點，我打他叫他走！救命！我第

一次聽人用這個「健胸運動」做藉口！

當時心很不舒服，很想吐，走又走不了。

到了第三天退房，因為時間太早沒有人在接待處，本想放低床單和門匙離開，但我給了€5按金，要問印度老闆才可退回，看到他呼呼大睡，真想趁這時候一走了之。我想了10分鐘，€5也對我來說很重要，我還是在房門外（印度老闆的房門正趟開着）用鎖匙搖了搖發出聲響，他聽到聲音就起床了，但人應該還沒醒來，我叫他退回我按金€5，他又去拉開抽屜拿錢給我，然後我放下門匙和床單就快快走了。

這些不快事件令我對印度人的觀感充滿陰影，我樂觀的性格令事件成為經歷，沒有打沉我繼續週遊西班牙的心情，只是我不敢再跟印度的男生同枱吃飯。

說到我最喜歡的巴塞隆納景點有四個：

1. 聖家堂 (La Sagrada Familia)

2. 巴特洛之家 (Casa Batlló)

3. 奎爾公園 (Park Guell)

4. 達利博物館 (The Dalí Theatre and Museum)

### 聖家堂 (La Sagrada Familia)

　　聖家堂 1882 年動工，至今到 135 年尚未完工，被認為上帝的建築師高第說「因為我的客人不急」，「客人」就是指上帝。我烈日當空下排了 1 個小時才進場，真的建議先在網上預訂門票。

　　而我英語不太好，所以借了中文語音導航機做翻譯，我一手拍照，一手拿着導航機，又要用紙筆寫下筆記，又要不停抬高頭看，有點手忙腳亂。

這個是「誕生之門」，
表示耶穌的誕生

天使們為耶穌的誕生吹起喇叭

「受難之門」

瑪麗亞跪在耶穌墳墓的入口

孤獨的耶穌準備被鞭打

　　第一眼看到聖家堂的感覺是亂七八糟，但想想看這是百多年前的建築，細看之下跟其他教堂比較，聖家堂的幾何設計非常前衛，是超越現代。

教堂內感覺到萬象更生的氣息

教堂中間的耶穌像

教堂內，伊甸園的森林

石柱是代表大樹，枝葉茂盛

## 巴特洛之家 (Casa Batlló)

## 奎爾公園 (Park Guell)

奎爾公園出口

奎爾公園很像一個童話王國！

有點像薑餅人的家

## 達利博物館 (The Dalí Theatre and Museum)

達利博物館門外的大雞蛋

入口的畫像，
遠看是林肯

入口的畫像
近看卻是裸女！

博物館的中庭

除了馬德里和巴塞隆納，我還去了西班牙的華倫西亞 (Valencia)，格拉納達 (Granada) 和塞維爾 (Seville)。

塞維爾的西班牙廣場

塞維爾大教堂

塞維爾河

格拉納達的日落

巴塞隆納的米拉之家

　　我是乘平價巴士環遊西班牙，當
地比較有名的巴士公司有：「ALSA」，
「Euro lines」，「Mega Bus」，有時
候巴士票的價錢，只不過是火車票的
十分之一！而巴士停的位置也多靠近
地鐵站很方便。

塞維爾 · 鬥牛怎樣鬥？

　　我在塞維爾看了一場鬥牛，想着鬥牛士只是拿着紅布讓牛衝來衝去，原來是會把活生生的牛牛，折磨至死！

　　我看了一次不敢再看了！

　　在西班牙鬥牛中，有分幾個鬥牛階段，我大約看了五局，本應一場有七局左右，但實在太殘忍，我中途離場。一場鬥牛 Show 裏有主鬥牛士、長槍手、短槍手和助理鬥牛士。

## 第一階段：

　　長槍手會先騎馬出場，手持長槍去挑逗牛，把牛的體力消耗，有時候牛會把長槍手的馬撞倒在地上，令長槍手從馬摔下來，這時候助理鬥牛士會趕快拿紅布把牛引開，否則長槍手會有危險，然後趕快把馬扶起來。第一階段是直到長槍手的長槍刺穿牛，牛的身體開始流血後，為結束第一階段。

長槍手出場

長槍手準備用長槍刺牛

## 第三階段：

　　短槍手出場，雙手會持着短刺槍，將短槍準確插進牛頸兩側的穴位。

被短槍刺到的牛

## 第三階段：

主鬥牛士出場

拿住紅色斗篷才是主鬥牛士，其他是助理鬥牛士

　　主鬥牛士穿着特製的服飾，手持紅色斗篷和長劍出場。主鬥牛士拿着紅色斗篷挑逗牛，令牛失去理智，最後鬥牛士會把劍刺入牛眉之間，牛的身軀倒下，就完滿結束一局。

牛倒下才完成了一局

# 背包客在歐洲可以省到錢嗎？

剛剛到歐洲的時候，很多朋友也說歐洲物價很貴，的確有點擔心。說到住宿方便，其實價錢大致上也可以接受，青年旅館平均大約 HKD$150/ 晚（男女混合房），很多旅館也包了早餐。

在交通方便，我只會用徒步的方式遊走市區，不會乘地鐵。如果要去遠一點的地方，例如去另一個國家，會選擇乘平價長途巴士，歐洲有很多價錢經濟的巴士公司，比起火車票平三至四倍，優惠時段會更便宜，當然車程時間比較長，有時候我會直接選乘 Overnight Bus，這可在巴士上過夜，節省一晚住宿費用。如果當地的住宿太貴，我就會早一點去到目的地，留一晚就離開。

晚餐方面，我一定會留意訂住宿的時候有沒有廚房，這個非常重要，如果沒有廚房就要外出吃飯，一個晚餐的價錢，已經是兩晚的住宿費用。有朋友問會否選擇吃麵包，歐洲的麵包不便宜，吃完麵包不消一會就會肚餓，長途旅行要煮點熱食才會飽肚。背包客大多也煮意粉，因為方便攜帶（我會插入背包的多餘位置，比起帶住一袋白米方便），配搭可多又便宜飽肚，中午時候會去超市買材料做三文治吃，歐洲的火腿和芝士價錢非常便宜，在旅館可以喝自來水，不用買水，省下不少。

而旅遊景點或博物館的入場費就無可避免，要取捨一下，或等到博物館免費入場的日子才進場，幸好我當時有青年証，可以便宜一點，有些免費的大自然景點也值得一去，例如海灘，走到山上看日落。

歐洲的超市日用品價錢其實跟香港差不多，有些更便宜。旅途比較多用的是淋浴露，我會用經濟又輕便的肥皂代替，洗衣服也是用肥皂，不會用旅館的收費洗衣服務。

手信我會寄明信片，反正也帶不到那麼多手信，拍個照留念就好，香港也有很多外國貨可以買到，所以沒有太大興趣去買紀念品。

**西班牙的小趣事：**

我回去馬德里時，等了三小時才有房間，誰知一打開房門看到一對情侶「正在做愛做的事」，那對情侶也很慌張狼狽，我當時已經很累，想着放低大背包就快快離開，我就轉身背住那對情侶，打斜走入房間去找我的床位，找到一半發現…嗯，我的床正正就在那對情侶的旁邊，場面有點尷尬，最可笑的事，最後大家當沒事發生，交了朋友，而那對情侶是來自巴西，難怪那麼熱情。

我的床

男

女

打開房門時，正看到一對情侶們正「做愛做的事」，我傻傻的走進去找自己的床號碼，在房間走了一圈，最後看到自己的床正正在他們旁邊，大家也很尷尬。

而我先前在塞維爾的旅館，被困在房間的洗手間裏面，有一個同房的男生救了我出來，現在在馬德里又碰回他，還住在同一房間。

174

# 吃着檸檬糖遊走阿瑪菲海岸

（意大利索倫托．14 JUL 2014.時差 -6HRS）

急不及待要先要介紹意大利南部 Sorrento，Positano，Amalfi，這三個地方也是連在一起，對我來說是個隱世景點。這幾個地方盛產檸檬，檸檬製品隨處可見，我買了檸檬糖，檸檬香皂和檸檬雪糕，我本身很喜歡吃檸檬糖，所以來到這裡特別開心！（我喜歡「黃色」的東西，例如香蕉／菠蘿／檸檬和向日葵）

Sorrento 的檸檬園

檸檬園也有很多酒類產品

檸檬園是免費入場，有一件小趣事，就是我排隊想試試檸檬酒，當排到我的時候…

店員：「不好意思，你不能試。」

我：「為什麼？」

店員：「因為你還沒夠十八歲！」

我：「什麼？我已經二十五歲，別玩我了！」

店員：「天哪！我以為你十六歲」

（你也太誇張了吧）

旁邊的夫婦也很好奇看着我…嗯…我們香港人長得年輕不行嗎？！

我又走到附近的阿瑪菲海岸，一看下去…哇！簡直人間天堂啊！

小鎮上也有一教堂

檸檬香皂

小店也掛上檸檬裝飾

小鎮的指示牌

　　當然附近的住宿也不便宜，幸好我也找到一間新開的旅館，大概 HKD$250/ 晚，已經很優惠了，遊客可選擇坐船或巴士遊 Sorrento，Positano，Amalfi，每個小鎮大概一小時就走完。

# 磨菇村與石頭城市

意大利的石頭城市 Matera

　我 從 那 不 列 斯 (Napoli) 乘了 3 小時巴士就到巴里 (Bari)，還記得那旅館位置從外面比較難看到，旅館老闆會穿着一件螢光衣，在露台上揮手大叫，好讓正在找路的背包客看到他，我每天也看到他這樣，真的敬業樂業！

穿着螢光衣在露台上大叫

Matera 車票

來到巴里目的，是要轉車去一個被列為世界文化遺產的馬泰拉石屋（Sassi di Matera），也是意大利最早有人類的地方。馬泰拉石屋感覺好像走進了中世紀年代的耶路撒冷，難怪成為「耶穌受難記」的拍攝場地，我很想在這留一晚，看到明信片印的馬泰拉石屋夜景很美，可惜我時間不夠。

自拍

石屋小路

馬泰拉石屋

## 蘑菇村 Alberobello

　　阿爾貝羅貝洛（Alberobello）是在意大利巴里南部附近，從巴里坐火車約 1 小時左右到達，意大利旅行大家都會聯想到米蘭、威尼斯、羅馬等等，其實還有很多景點也值得一去，就以上的阿瑪菲海岸和石頭城市等，是免費遊覽。這些蘑菇屋叫土利屋（Trulli），Trulli 是當地一種特色建築，圓錐狀的屋頂，是用片狀的灰石板建造，屋頂上面塗有宗教和巫術圖案，以驅趕惡魔，大部份的遊客也是當地人，村莊裡的遊客不多，也有售各特色的紀念品。

# 暢遊西西里島

蝴蝶小島四周也是海

　　西西里島主要城市有 Palermo 和 Catania，而 Palermo 景點多一點，我環遊西西里島時用了 8 天左右，包括 Palermo、Trapani、Favignana、Agrigento、Enna、Catania、Cefalu，每個地方其實逗留一天也足夠。西西里島交通不便，自駕遊會方便得多，某些小鎮星期日和假期都是休息日，連火車也會停駛，而巴士每天只有一班，只在清晨 6 點出發，沒有預售車票。

租了一輛單車暢遊小島

　　假日街上真的一個人也沒有，小店全都關門，包括旅遊中心也不開放，想找一個人問路也很有困難，西西里島比較多 Bed and Breakfast，曾經在 Trapani 住一間 HKD$440/ 晚的 Bed and Breakfast，是我旅程中最貴的房間，也超出了我的預算。Trapani 屋主交低門匙就離開了，整間屋也沒有人住，一張地圖也沒有，水龍頭是壞的，只有幾注水線流出，害我洗衣服用了很長時間，WiFi 也收得不好，又不可以用廚房，連早餐也不包，真是奇怪。我住了一晚就離開，下午坐船去附近的 Favignana 小島，我稱為「蝴蝶小島」，因為在地圖上看像是一隻小蝴蝶。

只有當地客

而第二間 Bed and Breakfast 在 Agrigento，房間有露台確是不錯，屋主一樣放低門匙就離開，整間屋也沒有人，今次我在屋主離開之前，問清楚所有問題，例如 WiFi 密碼、退房時間、寄存行李、推薦景點、交通、早餐和最重要的免費地圖等等。

幸好我先捉住屋主問，因為之後完全找不到他！！連人影也沒有，退房只需要把門匙放在廚房，然後關燈自行離開。我也忘記問，如果退房後交低門匙，自行寄存行李，然後外出再回來，我怎樣開門？

幸好還有一個同房，是來自新西蘭的叔叔，新西蘭叔叔讓我寄存行李在房間，回來的時候開門給我，我早上也嘗試過聯絡屋主，可真沒辦法找到他。

新西蘭叔叔人品可好，教了我很多人生道理，交流旅遊的心得，我也送了自己的小手作給他做記念，而他也送了新西蘭的 KIWI 公仔和頸鏈給我。

在晚上睡覺時知道自己有鼻鼾聲，就先告訴我，新西蘭叔叔：「你用枕頭大力拍一拍我，鼻鼾聲就會停，我不介意的！」

而當晚新西蘭叔叔的鼻鼾聲也沒有把我吵醒，當然我也不會用去枕頭拍他。

新西蘭叔叔，我送給他的小手作

　　南部西西里島的原居民沒有意大利北部的優雅的氣質，說話時聲量很大，我問新西蘭叔叔，會不會覺得南部的鄉下人粗聲粗氣，反而叔叔正面回答：「不會！這才是他們的真實生活，我不明白他們說什麼，但我覺得這樣很熱鬧，我喜歡他們的文化，跟我們新西蘭很不一樣呢！」

　　說到這裏真是慚愧，我也應該向叔叔學習。

Agrigento 景點

很有鄉村的味道

這個是在 Catania 發現的哈哈

西西里島常見的甜品

　　我跟叔叔道別後，去了 Enna
和市中心 Catania，Catania 是比
較少景點的地方，所以多數遊客
只會留半天，我用了半小時已經
遊完，出發去 Cefalu。

Cefalu 最近的市中心是 Palermo

完成這個西西里之旅，我就從西西里乘火車去意大利黑手黨集中之城那不勒斯 (Napoli)。

如果看地圖，就會見西西里島是一個小島，跟意大利是分開的，那怎可乘火車上去呢？

原來有「火車上船」這回事！我也第一次經歷，火車經過西西里的東北部去到碼頭，東北部沿岸風景一流！可惜因交通不便我放棄了去東北部，只是乘火車路過。

火車到了船碼頭，真的會駛入去船倉，船倉入面的路軌，要和路面的路軌連接，相當高技巧！

等了一會，火車門開了，乘客就可以下車，去船上面觀光休息，我還記得經過「第勒尼安海」，美得令人窒息！我爭取時間買了一杯咖啡，坐下來欣賞，船程只有 20 至 30 分鐘，乘客就要上回火車，船倉路軌再次連接路面，火車從船裡駛出來，這下子覺得很神奇。

那不勒斯這城市臭名遠播，的確很多狗屎、尿臭和垃圾，街道上有很多黑人。在車站不遠一帶，有很多華人商店，那不勒斯最出名的是 Pizza，沒記錯應該是 Pizza 的發源地，只需要 € 1 就可買到一個大 Pizza。那不勒斯海邊有一座「蛋堡」也很出名，名叫蛋堡是因為城堡下藏了一隻蛋，如果城市有危險的話這蛋就會裂開。

# 巴基斯坦人的旅館

在網上預訂羅馬的旅館時沒有特別提及到老闆是來自什麼國家，我今次訂的青年旅館，網上評價不太好，反正只是住一兩晚，網上評價對我來說我沒有關係，最重要是便宜。

旅館房間非常簡陋，房內有Wifi（平常的旅館房間不一定收到Wifi），床頭位有插頭也很方便，有露台和廚房，也不算太差吧！我跟老闆交了朋友，最初他說很喜歡台灣和香港女生時，的確有點害怕，還問我很多婚姻問題（不外乎問願唔願意嫁給他，他有兩個女朋友，其中一個是性伴侶），當然我有表明自己是「我是中國女生，很保守，不能碰」，清楚解釋給他聽，我不像他們這樣開放，他也很明白和尊重，沒有對我毛手毛腳。我就坐下來邊吃西瓜邊聽他說，老闆先前在意大利某餐廳做侍應，後來到羅馬找工作和開旅館，無知的我問：「巴基斯坦是否很多戰爭？那裡安全嗎？」

巴基斯坦老闆：「我跟我的家人住的地方很安全！只是北部有兩個城市比較危險」

晚上老闆煮了一大鍋意粉派給大家，我覺得他有點像向露宿者派飯的感覺哈哈，包早餐和晚餐的住宿，就位於羅馬大車站的後面，HKD$150/晚，超值。

## 在意大利遊歷後，發覺有五件事跟出發前的想法是相反的：

1. 不是世界很危險，是因為香港太安全太幸福！即使美麗的歐洲，意大利、西班牙也有很多黑手黨。

2. 有時候覺得每個人的性格也不一樣，不可以說「某個國家的人很友善，或某個國家的人都是很沒禮貌」，我在外地遇到的中國人是很友善和樂於助人，反而韓國人是很沒禮貌，這下跟我們在香港的想法是相反，每個人的生活和教養也有不同，不能以國家來定奪。

3. 出發前以為外國的背包客會比我這初級的背包小女孩厲害，會懂很多旅遊資訊，會懂禮貌，會懂去幫助別人，原來我想多了，我看到大部分學生只是浪費家人給他們的錢，整天留在旅館喝酒和開派對，還要吵着別人，弄得地方四周污糟糟的，連老闆和清潔嬸嬸也生氣，其實找一個真正出來想認識世界，會表達自己對世界各地文化的看法，談「旅遊經」的，多是老人家。

4. 我也是一名港女喜歡物質的東西，或許喜歡買名牌向人炫耀，現在每環遊一個國家，跟朋友分享當地文化，感覺似乎比起以前買了名牌向人炫耀的感覺更實在，感覺到物質的東西是不會長久，一個人的經歷卻是一輩子的。

5. 出發前以為旅程會很辛苦，很難挨，但通通相反。現在資訊料技發達，簡單用電腦搜尋就找到資料，手機很多也有 GPS 定位功能，迷路也不用怕，而外地的青年住宿有很多選擇，經濟又便宜，朋友又會在我有困難的時候出手相助，路上可以用免費 Wifi 上網，跟大家報平安，這大致上也安全，不太辛苦。

# 五個月旅途中遇到「最快樂的十件事」

1. 在意大利那不勒斯 (Napoli) 逃火車票多次成功。

2. 練得一手好廚藝（不好意思只限於煮便宜的菜式）。

3. 有新目標，去嘗試尋找冷門又有趣的景點。

4. 到達目的地時，看到美麗風景會感動得哭起來，覺得世界很美，這是開心的眼淚！

5. 到歐洲的時候，發現沒有 Wifi 也可以用上 GPS 定位！可清楚知道自己位置在哪裡（但不能用點對點），即使我的手機電話卡一直沒有充值，沒有網絡也可以用 GPS 功能。

6. 被巴里的旅館老闆讚我是一個 Good Traveller！留意到我不會浪費時間留在旅館，會不斷發掘新景點，很大的鼓舞！我會做好這份沒有收入的「工作」！

7. 旅途中認識到很多世界各地的朋友，在我遊歐洲的時候得到免費住宿。

8. 很開心一直有在旅途跟我聊天的香港朋友，有時候經歷太多事，未能一一放上 Facebook，發生大大小小的經歷也會願意耐心聆聽，感覺好像跟我一起遊世界。

9. 續上：有朋友看我的遊記也會很開心！畢竟文筆不好，但他們也會慢慢看，我都希望大家也會有機會出走去環遊世界，到時候我看回你們的遊記了！

10. 以前又笨又喜歡依賴別人的我，經歷半年的旅程後開始相反，很多身邊的背包客主動找我幫忙，或我會主動去幫助別人，這感覺自己長大了。

# 機場露宿三晚記

（羅馬達文西機場．29 JUL 2014）

經歷過無數次機場露宿，連續三晚就真的一生人只此一次，去完意大利後，超出了每個月的預算，準備去英國前，我更加要以「慳到盡」為目標，羅馬達文西機場還要沒有淋浴設施，第一晚真的很可憐，早上退房後，把行李寄存在旅館，竟然要收 € 3（幹麼昨晚問另一員工沒跟我說清楚？），算了吧，總比外面要每小時收費的好。

當日星期天去了梵帝崗參觀。

梵帝崗大教堂，免費入場

大家在聽教宗說話（教宗在建築物的頂樓第二個窗戶）

參觀完後，我路過超市剛好正在做特價，買入三天在機場露宿的糧食，薯片、生果、即食煙肉、芝士、麵包和紙包飲品等等。本想在旅館用 Wifi 和洗澡後才出發去機場，但旅館職員說要額外收費，我去完梵帝崗爬上塔頂滿身是汗，很需要洗澡，我又去到羅馬主火車站看有沒有淋浴間，當我遠處看到有「花灑頭標誌」時，我雙眼發光拿住一袋二袋香蕉蘋果橙衝了過去，還要看到只是 € 1 入場，咦…沒有可能吧…我站在洗手間門口，用身體語言問清潔中的嬸嬸，我：「Hello？Shower room？」嬸嬸：「No…No…Shower！」

幸好我還未放錢進場，「花灑頭標誌」是假的。

到了機場後，先視察周圍環境，等晚一點人流比較少時，去傷殘廁格解決洗澡的問題，大約晚上 9 點左右，我就去了殘廁速決！

我抹好身，頭也洗好，地上的水也抹乾時，突然「呼！呼！呼！」，有人拍門，我連忙收拾好所有東西放進防水袋。正當我開門想說對不起時，原來是一個大約 17 歲四肢健全的少女，哎呀旁邊四周圍也是洗手間，我還以為阻礙了傷殘人士用廁，見女孩有點生氣（可能等了很久吧），我不好意思就拿着東西走出來，但我感覺怪怪的…阿妹你幹麼去殘廁呢？見她沒有背包兩手空空，應該不像我要進去洗澡吧？旁邊就是洗手間啊！

從梵帝崗大教堂頂部拍下的全景

怎樣也好，我在裏面洗澡也是我不對，還差衣服沒有洗，今次可以在普通洗手間解決，我上一層去了一個比較偏遠的洗手間，快速洗好我幾件衣服，免得被人見到，我把洗好的洗衣放進防水袋，沒有人的時候，我就掛在自己的手推車上晾乾，當我差不多洗好時，清潔嬸嬸路過說：「這裡不是用來洗衣服！」

糟糕了…幸好她說完轉身就離開，我又把衣服放進防水袋，媽呀…我在幹什麼？

很有做壞事犯法的感覺。我把衣服洗好，身體也洗乾淨，接下來的兩晚簡單抹身就好，唉…很明白露宿者的感覺，要左閃右避來應付群眾的目光。

晚上 10:30 後，機場已經沒有人流，所有店舖也關門，四處只有在機場過夜的人，我準備好睡袋睡覺，睡到半夜，有人拍我膊頭，我發夢流着口水胡亂說：「幹麼！不要偷我的東西…Zzzzzz…」

原來是保安阿叔，他拍醒每一個在機場過夜的人，說：「不可以躺，只可以坐」（他媽的殘忍）

我用力爬起來，然後坐在椅子上，用腳踩住背包，繼續睡。睡到一半又再被路人拍醒，原來有人要過路。見到大家開始躺回地上時，保安阿叔又沒有再巡視，終於可以平躺睡得舒服一點。而我就開始發夢，夢中見到有個朋友說：「之後兩晚不用擔心！我家有很多床！你過來羅馬找我吧！」

我開心到醒了！好了好了！不用捱三天！

接着我坐起來等那個朋友來，差不多過了一分鐘才清醒，唉呀…白痴…原來我在造夢。

## 繼 • 第二天

繼第一晚發夢遇見朋友給我一張床之後,我起身走去二樓欄桿往下望,深呼吸…想一想,總算安全渡過了一晚。平日早上站在旅館二樓露台,呆看着街上的人,今天卻在機場二樓,看着等待上機的客人。

我穿着拖鞋,慢慢推着手推車,去洗手間梳洗,看着有鬚根的自己,真的有點令人頹廢。

梳洗後換上乾淨衣服,找個安靜的地方吃早餐,先前在超市買了煙肉火腿和芝士,我夾一起放在麵包上吃,還有小包果汁和生果,露宿也可以吃得很幸福。

第一天在 Terminal 3 用不到Wifi,第二天就去 Terminal 1 試一試,順便到外面走走,問了機場職員終於連接上 Wifi,其後我就上網打遊記,又計劃一下英國的行程,打發一下時間。我的蘋果手機已經用了 4 年,龜速上網令時間過得很快,整天看着手機「loading」。

我慢慢整理英國的行程,計算每一個地方的火車費用,這樣

又過了大半天,再去書店看書時已經是夜晚,時間又不算太難過。Terminal 1 人流比較少,我就在此過夜,晚上比較靜的時候,又去殘廁解決,今次簡單抹身好了,不用洗衣服。

晚上睡不着,有一個痴線佬在凌晨時大叫很吵,我去洗手間找插頭位把手機充電,當無聊時又播點音樂,看住鏡子見到自己的頭髮長了,愈來愈似街上歷盡滄桑的露宿者。

我正想拿剪刀出來修剪時,保安姐姐入來說 T1 的機場要關門,要過夜就去 T3 吧!

我跟隨着 T1 的一班露宿者,浩浩蕩蕩地拿住睡袋和枕頭去T3。這晚 T3 非常熱鬧,有幾百人滯留機場,一排排整齊躺在地上,機場冷氣很冷,很有停屍間的感覺哈哈。

我又找個位置加入露宿者的行列,這就是我的第二晚。

如是者,第三晚我已經身心疲累,沒有力氣,究竟街上的乞丐是如何過生活,連續三晚沒有床睡,我的感覺差到極點!

# 到非洲朋友家作客

（英國蘇格蘭．31 JUL 2014.時差 -7HRS）

我在蘇格蘭時認識了一位來自北非．利比亞國的朋友，他在英國留學剛好一年，正在放假去旅行。

我是在旅館認識他的，我們還一起去看芭蕾舞劇和吃飯，而每次吃飯也是他請客，有一次吃飯的時候，他因為沒有現金要到外找提款機，我就借機會請他食飯，但他竟然生氣地把錢放回我衣袋裡，我實在不好意思！我在離開蘇格蘭的前一晚，我們約定月尾一起去倫敦玩，在中間這一段時間其實我也是漫無目的在英國周圍遊，而最後他知道我在英國的旅費較為緊張，就邀請我到他的家作客。

他給我感覺良好，可以當朋友而不會扯上男女關係，意想不到的是我有自己的房間，（我先前還想着睡梳化），他是自己一個人住，屋裡有兩個間房間，房間也打掃得很乾淨，我看到被套和床單還有很深的摺痕，他說是知道我來他的家作客，剛剛買的！這下子覺得他很有風度啊！

經典的紅色電話亭

每一次吃飯和買東西連車資都是他給錢，我這個女生白吃白喝，十分不好意思。他又強調在他的國家裡，當朋友來到作客時，是沒有可能要朋友付錢的，這個是基本禮貌。當地女人更加會受到特別待遇，男人不會讓女人拿很重的東西，他說他媽媽如果知道他不幫我拿背包一定會被罵，我看着他背着我的大背包，實在有點不習慣…原來北非的女人是這樣幸福的嗎？

Canterbury 河伴

在香港我跟朋友吃飯大多也是 AA 制，朋友生日的話，我會約出來請他吃一頓大餐，甚少替朋友付車資，如果在香港有這樣的朋友，應該會被人當成水魚。

巴斯的羅馬浴場，是溫泉水

Canterbury 的小屋

為了答謝他我親自煮了一餐「香港地道小菜」，他很開心，把我做的菜都吃光，平時他不會做飯，在他的國家裡會做飯的只有女人。他們生活習慣跟普通人沒太大分別，吃飯時我有想過他會不會用手，但竟然比我衛生，什麼也要用叉，連去麥當勞吃麥樂雞時也是用叉吃，說話談吐也很有禮貌，我還教他說廣東話。雖然兩房很近，基本上他房門口旁邊就是連住我房門，但事實上，我從未遇過一個男人是這麼有禮貌和懂得尊重女性，他從沒看過我房間一眼，不會站在我房門位置，不像其他男性會有身體接觸（例如握手或搭膊頭等）找我的時候也是背住門口，問：「你在做什麼？我有事想問你？不敢打擾你？你忙完就找我吧！」

雖然我住在一個男人的家，但大家不要想多了哈哈！

有一次我們去了倫敦遊博物館，當時住了一天青年旅館，我們分開遊覽，他自己一個到外面買東西，結果迷路了，手提電話還不小心跌進馬桶！想着用 iPad 聯絡我時候，他才想起 iPad 留在倫敦的旅館內，而我們已經退房好一段時間。他很無奈嘗試找路和問人，當時我也很擔心，因我們約好各自遊完博物館後在大廳等，結果我等了兩個半小時也不見他出現，而我手機沒有電話卡和網絡，我只好到外面找 Wifi 發信息給他，隔了很久也沒有回應。

倫敦離他的家要三小時車程，相信不會獨自買車票回家，我正想放棄離開去巴士站找他時，他終於出現！他把自己的慘況告訴我，當然我立即帶他去車站找電話，最麻煩的是，那間旅館是很奇怪的，沒有接持處，要進去先要自己打電話給旅館老闆，幸好我沒有把旅館的電話掉去，我們聯絡了旅館老闆，iPad 沒有被偷，等了半小時旅館老闆還特意過來交回 iPad，我們又興奮地一起去慶祝，今次真的要他請客了！

英國最美的村莊：Bibury

英國有很多偏僻的小村莊也很值得一去，除了 Bibury，還有一個小村莊叫 Bourton-on-the-water，可惜因為記憶卡的問題，無法把照片放上來。

在倫敦入境時排了約 2 小時，已經急小便忍了很久，還被職員問了十個問題！可能樣子似是來當黑工，我真的氣死了，英國物價很高，入境職員問我為什麼帶那麼少錢，我真的不懂怎回應他…！

到步時入住的旅館很黑暗，不是有很多乞丐，就是有很多奇奇怪怪的人，其中有一間旅館是在酒吧裡面，有一次晚上回去時，被警察封鎖了現場，我從後門進去，一踏進去…嗯…是血呀！

還有很多玻璃碎在地上，後面的警察友善地帶我離開，原來剛剛有人發生打鬥，嚇得我晚上鎖好房門不敢外出。

# 法國不浪漫 · 窩夫恐懼症

(法國/比利時.1 SEP 2014.時差-6HRS)

巴黎鐵塔

完全想不透，法國人如何浪漫，壞人搶劫特別多，逃地鐵票的人更多，單在放工時段，我站在票務處觀察，就看到逃地鐵票的人招數有多厲害！

跳過入閘機，在出閘的門等候借機會偷入，或用腳攝在出閘門的底部，大力一拉就偷入去。

嗯…當然，我也試過逃地鐵票哈哈…聽聞當地人覺得，他們交了稅就應該可以享用免費交通工具，這個是什麼道理？

在法國巴黎只逗留了三天，印象記得旅館
是播放着印度音樂，還用中國的「萬壽無疆」
碟裝住白麪包當早餐，什麼浪漫也沒
有，當時我還有點感冒。

我的旅館在巴黎鐵塔附
近，每天晚上也跑出去看
亮燈，連路邊的報紙攤販
也認到我了。

我沿路走回家時，
看到在報紙攤幫忙的一個
法國男生，大家直視看住對
方，我有禮貌地點了頭笑了笑
說「Bonjour！」，就快步走去地鐵
站，後來那個法國男追上來，不斷
問我問題，又用英文又用法文，
問我明天會不會再經過這裡，之
後突然捉住我雙手（我當時有
點感冒手是冷冰冰的），然後
偷吻了我面珠一下！之後轉身
跑了不知那裡去了。

凱旋門

整條街的人也在看，我面
也紅了！多謝這法國男令我在巴
黎鐵塔留下甜蜜的回憶，我在回家
的路上一直笑咪咪，發了個春夢，本
來有點感冒，第二天卻沒事了，難道一個
吻治好我的感冒菌？

阿寶第一次到法國

「卡住了…幫忙拉一拉我出來…」

羅浮宮

蒙羅麗莎真跡

遠看蒙羅麗莎，其實很小幅

比利時吸引的城市大概只有布魯塞爾 (Brussels)，其次是布魯日 (Bruges) 和安特衛普 (Antwerp)，我在比利時逗留的時間竟然比法國長，基本上旅客只會路過這裡或逗留一天就會去荷蘭。

開心大發現的是比利時朱古力雪糕是整個歐洲最好吃的！

我在街頭車仔店買了一球 € 1.5 的雪糕筒，雪糕佈滿大大粒朱古力碎，還比起意大利和法國便宜，超級好吃！比利時的手造朱古力店和窩夫店佈滿遊客區，街上的窩夫店只售 € 1，但賣相普通。

我去了一間餐廳叫了一個比較貴的，大約 € 4 左右，加了焦糖雪糕在上面，比起香港的窩夫甜，中間夾了楓糖漿，外層很脆，值得一試！

*€ 1 就有窩夫很便宜*

唐人街魚湯店

一試難忘！

　　另外有一間在布魯塞爾的唐
人街魚湯店，之前看台灣旅遊節
目「世界哪麼大」介紹的，節目
沒有提及到地址，我只是胡亂走
剛好看到這間魚店，所以特別興
奮點了一個魚湯，魚湯旁邊的麵
包和芝士好味得難以形容，吃了
一口忍不住叫了出來「哇！超好
味呀！」，老闆也笑了！因為小
店的吧枱太高，老闆特意出來加
了一張小椅子給我。

尿尿小童裸體像

比利時的尿尿小童(Manneken Pis)是布魯塞爾主要景點,我專誠來朝拜!我的運氣還要不錯,有幸看到尿尿小童的裸體和穿上衣服的模樣!尿尿小童只會在節慶或特別日子才會換上衣服啊!

第二天又去了探尿尿小童,竟換上衣服!

比利時街頭的雕像

　　銅像身高約 60 厘米，銅像就在布魯塞爾的小巷交界。傳說是當年西班牙入侵者，在撤離時準備炸毀這城市，一個小孩就用尿澆熄了炸藥的導火線保住整個城市，但後來中箭身亡，大家為了紀念他就造了這銅像，每年也有世界各地的人贈送衣服給尿尿小童，多達 750 套，收藏於布魯塞爾的博物館內，供遊客參觀。

銅像的閘鎖上以防被人偷去

真的是尿尿女童！
不過沒有在尿尿⋯

幹麼鎖上了？

　　我在布魯塞爾用 GOOGLE 搜尋尿尿小男童時，竟給我發現有尿尿女童在附近，我也好奇跟着 GPS 去找⋯

　　原來是因為避免引起猥瑣男人的原故，所以把尿尿女童鎖上，不知道女童晚上會不會去找尿尿男童呢？

比利時安特衛普沒有特別吸引的景點，留了一天就轉去有小威尼斯之稱的布魯日。

布魯塞爾的
Basilica of the sacred heart

安魯日的小河流

尿尿小童朱古力

由於我星期日來到安魯日，超市都關門，大街主廣場只有窩夫窩夫和窩夫在賣，我已經吃了很多天窩夫，很想吃個正常晚餐，安魯日的餐廳非常貴，三百元港幣起價，我根本不會選擇，旅館又沒有廚房，一天三餐吃窩夫，感覺就是不停吃香港的雞蛋仔，吃到一半已經很飽吃不下，我真的得了窩夫恐懼症，每次見到窩夫也很想吐。第二天超市開門，超市竟然全都是賣冷藏食物，我又無奈去買窩夫吃，那一次之後，我對窩夫很反感，我其後隔了兩個多月，再嘗試吃窩夫，結果真的吐了出來，想起那個味道很想作嘔！所以大家不要請我吃窩夫…

我的寶寶開始懂看鏡頭

# 到荷蘭朋友家作客

先前說到在南美洲認識了 Debby，有幸可以住在她的家！她的家就在海牙，靠近一個大海灘，離市中心不遠，荷蘭的住宿太貴，Debby 說「千萬不要到外面租旅館，你來我家住吧！反正我是自己一個人」。Debby 平日要上班，我就幫她打掃和煮飯，她很喜歡中國菜，我很多時候煮中國菜給她吃，星期日會帶我到朋友家生日派對，周圍遊覽城市，到處介紹景點給我。

我在荷蘭的阿姆斯特丹經常看到「三個叉叉」，原來這三個叉是阿姆斯特丹的市徽，可以見到周邊掛着的旗幟、渠蓋和垃圾桶也有印上三個叉，分別代表水災，火災和瘟疫黑死病，因為歷史上阿姆斯特丹多次受過水災，而在十五世紀試過因幾場大火，所有木造的房

路牌上也有「三個叉叉」的標記

屋化為灰燼，加上可怕的瘟疫黑死病（帶菌的老鼠），本身三個詛咒現變成為「三個叉叉」，也就是阿姆斯特丹的守護標誌。

大麻店

我胡亂走入阿姆斯特丹的紅燈區，一陣陣怪味從酒吧店傳出，原來是大麻的味道，我也想走進去試試，畢竟那麼遠從香港過來，想了又想，只有我自己一個，一會暈了怎麼辦…我又不吸煙，這事還是算了哈哈。

「三個叉叉」、大麻、彩虹旗、《戴珍珠耳環的少女》、單車、芝士和風車都能代表到荷蘭。

阿姆斯特丹的渠蓋
有「三個叉叉」的標記

彩虹旗代表同性戀，
在荷蘭同性結婚是合法

我也來扮一下
戴珍珠耳環的少女

荷蘭人喜歡用單車代步，
單手或不用手踩單車也隨處可見

我最喜歡是荷蘭的 Haring，是一種人氣食物生鯡魚，伴上洋蔥粒一起吃，就在 Debby 家前有一小檔，我去的時候剛好是 Haring 當造季節，幾乎每天也走去買一條來吃，可補充我旅行中缺少的維他命。

荷蘭木屐

我最喜歡荷蘭的芝士，
比起其他國家的好吃

鹿特丹的 Cube Houses

我是在一個叫小孩堤防
(kinderdijk) 的地方拍

# 背包客之「六大無懼」

一個人流浪超過七個月，所有襪也破洞，衣服爛了兩件，頭髮、腳毛和眉毛不斷生長，我一個女生經歷過大大小小的事情，無懼怕…

1. 長途巴士，最長記錄是在南美洲，去伊瓜蘇瀑布乘了18小時長途巴士，回程時不幸選中下面的座位很不舒服，生不如死，暈車浪令我很想作嘔，但經過這次之後，我到其他國家例如歐洲，5至10個小時巴士車程對我來說已經「濕濕碎」。

2. 生病，在香港生病就不想勞動，留在家或去看醫生，清戒幾天，不吃上火的東西，在路途上生病還要揹着背包繼續走，留在旅館只感到浪費每一晚的住宿費，有什麼就吃什麼，沒有選擇。

3. 受傷，如果有留意我在南美的遊記，我是傷了手筋和頸，連牙刷也拿不起，睡覺轉身和起身也感困難，我也忍住痛繼續背上背包前進，這仍是人生戰績，我還年輕很快就康復。

4. 「污糟」，對的！無懼「污糟」，出來流浪當然無懼「污糟」，坐地下，周圍睡覺，衣服穿了一整個月不洗也沒關係，我也沒因此有什麼皮膚病，我可有每天洗澡啊，我也經常看到那些外國人晚上不刷牙不洗澡就去睡覺，還有去完洗手間不洗手，比我更「污糟」吧。

5. 面對外國人無懼使用爛英語溝通，說英語就要厚面皮。

6. 職業，見識過很多年輕美男子守廁所，在廁所門口打工收入場費，也認識到很多年輕美女有當過洗廁所的工作後，清楚明白到職業無分貴賤，我回港後也無懼做任何職業了。

# 赤裸裸的桑拿房

(德國柏林‧1 OCT 2014‧時差 -6HRS)

## 青年旅館：PLUS Berlin，Berlin
地址：**Warschauerplatz 6-8，Berlin，Germany**

我在世界各地也有認識到各類型的變態佬，其中一次在德國柏林青年旅館。而今次德國柏林這間青年旅館有泳池還有桑拿房。

我當然立即換上泳衣，放下行李後就衝了去泳池，再去嘆一下桑拿房，蒸軟身上的死皮。

一打開桑拿房門就有一個深黑色皮膚的男人，這個黑色男，令我想起前幾天睡覺前，有一把男人聲把我叫醒，問我可不可以在早上起床的時候順便把他叫醒，當時房燈已關，伸手不見五指，而佢又是深黑色皮膚，我完全看不到他的樣子…我只見到一排白色牙齒跟我說話。

說回正題，桑拿間裡的黑色男，他手持毛巾蓋住重要部位，而桑拿間比較小，只有我們兩個人，使得我不得不跟他聊天。所謂聊天只不過是問候大家「Where are you come from」之類。

隔了一會，黑色男把毛巾拿開，突然站起來轉位置，我的眼珠反應來不及望去另一方向，我看到黑色男「那裡」…避免尷尬，我還是去了泳池游水。

其後黑色男隔了 5 分鐘又從桑拿間走出來，一樣手持毛巾蓋住重要部位走到泳池邊，當有人在我對面經過，我也很自然抬頭看一看吧，突然黑色男很瀟灑地放下毛巾，「Boom！」的一聲，赤裸裸的跳下水。

我的天！幹麼不穿泳褲？

這個時候，是機會衝回入桑拿房嘆一嘆，同時又有另外一個男生走進來，這男生正常很多，有穿泳褲的，大家也很享受焗桑拿。

過了一會，那個黑色男又進來桑拿房。

而且今次沒有用毛巾，赤裸裸的走進來！嚇得那有穿泳褲的男生也走了出去，我身上的死皮才剛剛蒸軟，我就堅持繼續坐，坐上面最角落近門口的位置。

黑色男躺下來，我閉上眼睛不理他，黑色男又發出「唧⋯唧⋯唧⋯」奇奇怪怪的聲音，我坐的位置比較近門口，我慢慢走下去開門⋯完全不敢向後看⋯

我在泳池旁邊呆坐，等待沒有人的時候再進去，但黑色男一直沒有出來。

間中也有其他男生想進去桑拿房，大家卻去到門口的玻璃窗看了又看，表情呆滯，然後掉頭走。

究竟變態佬在入面做什麼？

我真的很想焗桑拿！

## 德國國會大廈

我不再想花時間去等黑色男出來，焗桑拿的大好機會就這樣沒了，於是我出外走走，去遊覽城市。

柏林城市相當大，其中世界著名以環保設計的德國國會大廈是免費入場，我在國會大廈外排了約 1.5 小時，才拿到一張確認信進場，還要附上身份證明，每次進場的人數有限，建議在網上先預約。

確認信

中間的通風口作散熱

有多塊鏡面，
可監視樓下的會議室

入場時有安檢，我的褲有6個口袋，安檢人員就真的把我6個口袋仔細地搜。進去時我沒有跟隨大隊，不斷周圍拍照，結果一轉身全部人已經進去了電梯，保安哥哥不肯再開門讓我進去，要我回去安檢的地方，重新排隊，等待下一批人數夠了，就一起進去，保安措施可說非常嚴謹。

德國國會大廈的拱頂可看到整個柏林市，這拱頂的設計也意味着民主。中間有多塊鏡面，可監視着樓下會議室議員的一舉一動，在圓頂中間可見到一塊會隨着太陽移動的遮光罩（很神奇！），可以避免太陽直射，令鏡面過熱，而樓下的會議室也採用了這些鏡子來採光，可節約能源，大廈中間的通風口也可通往會議室作散熱的。

在來柏林前，我也到過一個有趣的德國城市叫不萊梅（Bremen）。

以前開過手作店的我，曾經看過有一張四隻動物疊在一起的餐紙巾（我以前是教授餐紙巾拼貼的），來到不萊梅竟又遇上牠們！

這四隻動物是來自德國《格林童話》叫《不萊梅的城市樂手》，一隻雞、一隻貓、一隻狗和一頭驢，牠們是不萊梅的標記。四周也可看到牠們的蹤影，遊客喜歡抱住驢子前腿許願，所以驢子雕像的前腿被摸得發光，當地人說道不可以用單手摸驢子，這表示兩隻驢子在握手哈哈。

驢子雕像

「《不萊梅的樂隊》講述的是四個動物的故事，牠們是一隻雞、一隻貓、一條狗和一頭驢。因為牠們年紀太大了，牠們的主人要將牠們宰殺，成功地逃了出來後意外地碰在了一起。根據驢的提議，決定一起去不萊梅做城市樂手。

在去不萊梅的路上，動物們發現一間森林小屋，四個強盜正在享受他們的不義之財。四隻動物一個站在一個的背上，牠們決定演奏音樂乞求換來一頓飽餐。可是，這個「音樂」得到了意料之外的效果，強盜們不知道這奇怪的聲音是什麼，逃命去了。動物們進屋美餐了一頓，並決定在屋裏過夜。

當天晚上，強盜回到小屋並派其中的一個進屋檢查。屋子裏一片漆黑，他看到了貓的眼睛在黑暗中發亮，以為那是火炭，湊上前去想要藉此點亮手中的蠟燭。這時候，貓用爪子猛打強盜的臉龐，接着驢用腿踢他，狗咬他，最後雞大聲鳴叫着將強盜趕出了屋門。

逃出來的強盜告訴他的同黨，他被一群怪物圍攻，有一個巫婆用指甲抓他，有一位巨人用棍子打他，有一隻老虎用牙齒咬他，而最可怕的是有一個魔鬼對着他耳朵尖叫。強盜們放棄了小屋再也沒有回來，而動物們則在那裏愉快地生活了下去。」

《不萊梅的樂隊》資料來源：維基百料

# 德國羅曼蒂克的回憶

「羅曼蒂克 無謂急 急也急不到
全城在慶祝 同樣都可感染到…」

　　大部分人去歐洲應該也不會以德國為第一選擇，覺得吸引力不太大，錯了！我認為德國南部比法國更美，除了童話大道，還有著名的德國「羅曼蒂克大道」。

　　所謂的「大道」當然不是香港的「柏麗大道」，是由 26 個小鎮組成，一個個充滿童話浪漫主義的小村莊，為保留中世紀的風格，「羅曼蒂克大道」不設鐵路，只以公路串連。

　　經我精挑細選下，我選了 3 個小鎮，羅騰堡 (Rothenburg)，海德堡 (Heidelberg) 和新天鵝堡 (New Swanstone Castle)。最方便遊覽「羅曼蒂克大道」的方法是坐羅曼蒂克巴士，巴士會路經 26 個小鎮，全程約 350 多公里，但巴士的價格就貴呆了，還要由早上 08:00 開始一直坐到晚上，而且每個小鎮只停留 20 分鐘，可不足夠呢！每個小鎮也有很多小店值得一看！！需要花半天時間去遊覽，所以這個巴士真有點走馬看花。

62 歲老伯伯真人

薰衣草和香茅

我首先到達的是「羅曼蒂克大道」終點站福森 (Fuessen)。

著名的德國天鵝城堡就在福森，由大城市來到這些鄉村地方感覺特別有親切感，每一次我去到鄉村的旅館也會認識到新朋友。今次一打開房門就是個滿頭白髮的老伯伯，這個 62 歲的老伯伯來頭可不少，他來自澳洲，在馬來西亞出生，已經踩腳踏車環遊歐洲 3 個月！路上一直以露營和踩腳踏車的方式環遊，超羨慕這個省錢方法！

我跟老伯伯一起到外面的小鎮湖邊玩水，阿爾卑斯山上流下來的水清澈得見到湖底，像綠寶石一樣閃閃發光，老伯伯又帶我走到山上一個小花園，那裡有很多山草藥和可食用的植物，發現有我最喜歡的薰衣草和香茅，老伯伯叫我摘下來，在手上搓了搓，哇！好香啊！在這鄉下地方才可親親大自然呢！

像綠寶石一樣的小湖

很可愛啊！剛好小鴨經過

從福森到奧地利只有5公里，可以選擇用單車或徒步過去，而我想看的天鵝堡，要在這個小鎮乘10分鐘巴士上去，城堡上也可以看到對面瑞士的阿爾卑斯山。

德國新天鵝堡
(New Swanstone Castle)

　　城堡在德國東南與奧地利的邊界上，旅館老闆給我一張天鵝堡入場的優惠票，其實凡住在福森小鎮的旅館，去天鵝堡也可以打折，我把優惠票打開看看，所謂打折只是平了 € 1。

　　我去新天鵝堡買當天的入場票，旅館老闆建議乘大清早的 07:30公共巴士上山，排隊等票務中心開門，因為每天約有 8000 個遊客上山，很誇張的說。

　　我大清早起床，乘巴士上山，早上的遊客不多，但巴士迫滿當地的學生，原來山上有學校？

新天鵝堡，早上天色拍得不好

　　早上山上空氣很冷，比起平日下午的氣溫低降 10 度。

　　我買了票後就跟一對瑞士夫婦走上山上，如行動不便可以乘馬車上山，路經山腳有一座米黃色外牆的舊天鵝堡，新天鵝堡就在山上面，如果想一次去齊這兩個城堡也可以選擇買套票。我的票是當天首輪遊客進場，票價也是包了導遊和中文語音導航機，導遊走得非常快，沒太多時間停下來欣賞，場內也不可拍照，城堡內的天花板和牆壁上的花紋圖案也是人手畫的，城堡內還有一個小山洞和音樂廳，導遊只用了 15 分鐘就帶大家走完整座城堡，我根本來不及欣賞皇室。城堡後還有一條瑪莉鐵橋和小瀑布，因為我下午還要趕火車，沒去到瑪莉鐵橋。回程時巴士要等上 2 小時，結果我是用自己雙腿走下山，大概走 3 公里就回到小鎮。

遠看舊天鵝堡

舊天鵝堡風景是一流

瑪莉鐵橋就在上面

這個位置是最多人拍照

很可愛的小屋,
誰說德國不美?

小熊公仔

四周的櫥窗

聖誕老人也要晾衣服

喱士花手作

鐵皮公仔

晚上可以去探險

羅騰堡廣場, 古時鐘樓

聖誕小店

聖誕小鎮羅曦堡 (Rothenburg)

　　這個小鎮是「羅曼蒂克大道」中比較受歡迎, 一年到晚也充滿着浪漫溫馨的聖誕氣氛, 我去的時候是陰天, 相片沒有藍天白雲配合很可惜。晚上中間廣場遊客很多, 原來等待着古時鐘樓的報時公仔出現。在黃昏, 會有一些穿上黑色長袍, 一手提着夜燈, 一手執着長矛, 打扮成中古世紀的人帶着遊客一起夜巡小鎮羅騰堡。羅騰堡最受歡迎的是聖誕飾物小店, 德國的手造聖誕飾物是世界有名, 我看到每一個聖誕小飾物售價也要€ 10 以上, 無論鐵皮造或木制的手工也是一流, 顏色是人手填上, 每一件像藝術品。小鎮外面有城牆圍住, 可以上去參觀, 鎮上的德國式小屋設計, 令人感覺走進一本童話故事書一樣, 冬天能在羅騰堡過聖誕是最幸福的!

加上雲霧，有點似夢境

### 迷上海德堡 (Heidelberg)

　　本身對德國興趣不大，也沒有安排在行程裡，去完福森和羅騰堡後，對德國完全改觀，加上海德堡這個地方，就完完全全把我俘虜！

海德堡的古老橋上

山上有一城堡

沒記錯最高的應該是教堂

很想住在這裡啊！

　　遊完這三個童話小鎮，我去到法蘭克福，身體有點不適，應該是作病吧，我休息了一天便去了師姐家。她住在德國一個深山小鎮，已經多年沒見了！我還教她做拼貼手作，晚上看着她做飯，像回到家一樣，我很久沒吃白米飯，一碗熱呼呼的米飯來到我面前很感動啊！

# HKD$450 遊三天布拉格

（捷克布拉格．4 OCT 2014．時差 -6HRS）

可沒有騙大家，我在布拉格遊三天只用了 HKD$450，也沒有特意去慳錢！旅館沒有廚房，我連續三晚也外出吃越南河粉，旅館的住宿也便宜得過份⋯

青年旅館：Clown and Bard，Prague
地　址：Borivojova 102，Prague 3，Zizkov，
Prague，Czech Republic

小狗

甜甜的卷卷包

還記得當時住男女混合房大概只是 HKD$55/ 晚，我連住了三晚才 HKD$165，外面有一間越南河粉很好吃，才 HKD$30/ 碗，連續三晚吃也只是用了 HKD$90，那 $165+$90=$255，餘下的就是買早餐麵包，還有小吃和明信片。東歐的物價很便宜，從德國柏林去慕尼黑，因巴士車程太長，我就插入捷克之旅，布拉格正正在柏林與慕尼黑之間。我的旅館入口就是酒吧，晚上也很熱鬧，在我樓下格床有一位越南俊男，啊⋯他跟我打招呼時我差點暈倒⋯嗯，何解這裡越南麵店和越南人特別多？！

途經來到布拉格，就當然看一看「布拉格的戀人」，像我去阿根廷前看「春光乍洩」一樣感受下電影中的浪漫情節，在布拉格「到此一遊」後就去了慕尼黑，想着去啤酒節的我，來遲了一步，啤酒節前一天剛好結束，用了一個慕尼黑啤酒節換來一個布拉格之旅。

來到捷克，就一定會看這個天文時鐘

周杰倫拍MV的地方，查理大橋，人超級多！

被摸得發光了

伏爾塔瓦河

電視塔上的是恐怖BB啊！

跳舞大樓是一間寫字樓來的

# 環遊地球第八個月，
## 無穿無爛還活着

一個女孩子初當背包客環遊第八個月，問我有什麼得着，倒不如問我有什麼物資需要，身體還好嗎或旅費足不足夠，跟我聊聊天，已經很開心。迷網的時間的確會有，不知道自己花光積蓄，裸辭的意義何在，回去又要重新起步，但有時候看到別人的遊記和留言，又會發覺自己比別人看得更多，眼光放遠了，不再是家中看着電視，只相信電視報導的井底之蛙，或以一個短片，一張相，就決定整個世界的人。

初到阿根廷我很擔心，出門前看到電視新聞報導阿根廷有槍殺案發生，事實上，罪案意外每天也會發生，像香港治安這麼好的城市，一樣每天也有新聞報導各罪案和意外。一個阿根廷那麼大的國家，報導一兩宗新聞，其實不需要特別驚訝，或以一張示威的相片去定斷一個國家安不安

全，即使是日本，也會一樣有意外發生，所以安不安全，有時候是看自己有沒有注意，也可說自己運氣好不好。出走後會清楚更多景點的「背後」，像剛去完的布拉格查理大橋，法國巴黎，這些浪漫之都只不過是電影拍攝塑造出來的效果，反而覺得沒有被宣傳過的意大利阿瑪菲海岸，阿爾貝羅貝洛（Alberobello）磨菇村更為浪漫。

世界不可怕，可怕的是人類，香港人特別崇洋，我卻見識到很多外國人站在大街小便，不肯讓座，還要跟老人家說：「我需要用兩個座位睡覺！」，不讓座還要大聲罵人，不只是在香港發生的。

最無聊的一件事是把電梯每一層的制也按亮，每上去一層電梯也停下來，浪費大家的時間，已經分別在不同的歐洲國家遇過

三次，行為比起一些沒文化教育的內地人更可怕，所以不能以別人的國家來定基準，沒有教養是很個人的事。

每天起身就是去旅行，想起來感覺很爽，但不是像花錢去短期日本或韓國旅行那麼爽啊！

我這種貧窮背包客一點也不輕鬆呢！每天的工作可多，要計劃各個國家和城市的行程，不可以乘貴火車，要自行尋找便宜的陸路交通，不只是跑景點拍一拍個照，要好好查一下歷史讓自己旅行認識更多，不會飲飲食食吃喝玩樂，Shopping 更不用說，回到旅館不是看電視喝啤酒泡溫泉，而是煮飯（煮完還要洗碗），排隊洗澡，洗衣服，檢查行李，計算一下花了的錢，想想接下來十天的行程，有沒有買好車票，旅館訂好了沒有。

因為旅程太長，不會太早預訂旅程，每隔幾天就要決定下一站，然後訂旅館訂車票，不斷重複。洗完衣服後就去打遊記，紀錄自己的生活。看一看時差，跟家人或朋友報個平安，免不了跟同房的朋友打好關係，有時候遇到戶口或電話卡或電郵帳戶問題又要花時間去解決，最麻煩是各類型的帳戶問題，要經什麼香港電話一次性密碼認證，還有突如其來的洗費如手錶壞掉等（已經壞了三隻），要想辦法去解決，不是隨便找個地方就買到便宜的啊！

這就是貧窮背包客跟平時去旅遊的分別，當背包客是體驗生活和挑戰自己，人生只活一次，我想活得漂亮，生命不只是工作。

出走後跟家人的關係好了，每次聽到爸爸的聲音也很開心，今次的旅程不是一個人，努力用正面態度去實現一個夢想，全世界的人也會來幫你，走過世界各地，先知道自己很喜歡香港，畢竟是我長大的地方。

# 維也納車站阿姐

（奧地利維也納 . 26 OCT 2014. 時差 -6HRS）

所謂的維也納阿姐就是車站售票員，售票員也應該盡點責任吧…。又沒清楚告訴遊客在那裡上車，大清早迫人做早操！先前在南美洲秘魯已經試過。因為售票阿姐沒有說清楚，害我要花多百元美金再重新買一張新火車票…

事由昨日在維也納某大車站買火車票去鄰國斯洛伐克 (Slovakia) 的布拉奇斯拉瓦 (Bratislava)，我問售票阿姐火車票多少錢，我的話還未說完，地方名只唸到一半，售票阿姐迅速地回答到我價錢，確實買票多過我吃米，態度輕挑，也沒有看過我一眼，付錢後，我指向後面的車站說：「我是在這個車站上車，對嗎？」

阿姐低頭也沒看我一眼：「YES！」

我又再問，去那一個月台上車，售票阿姐只是叫我到時候自己留意外面的電子板（會顯示當日火車班次）好了。

第二天我一早就慢慢地走去車站，火車是早上 11：20 開出，我早上 10：40 到。我走到 3 樓拿住車票看電子板，沒有我班的火車資料，我又排隊去詢問處問一下，詢問處的隊也很長，今次是售票阿叔，他只用一秒喵了車票一眼，就從抽屜內拿出地鐵圖，售票阿叔：「你要去另外一個車站上車，不是在這裡！唔該下一位！」

當時我心離一離，不是吧！那個車站好遠！距離這裡有八個車站！還要轉線走很遠！

究竟相信阿叔還是阿姐？但這個車站的電子板的確沒有顯示我要乘的班次！最後沒有時間，一邊走去地鐵站，一邊自己找資料確認（要走3層才到地鐵站）。在地鐵圖上是找不到火車票上出發的地點名稱，也因車票是德文實在很混亂，我還是買了票上地鐵，又要轉線又要走老遠，心很是緊張。

我真的不想重新再買火車票！

到站後想着地鐵站是連住火車站（正常也是），我又走上地面找火車站的路牌，找到箭咀指向火車站位置，要走400米才到，即是一個運動場跑道的長度。我想說我背住個大背包，跑的話會因太重向前仆倒，不跑的話一定趕不上，時間無多，我的腿像裝上摩打一樣快步行走400米，去到火車站門口真的連早餐也幾乎吐出來。我的眼睛用3秒時間掃過巨型電子板，果然看到我那班火車，證明售票阿叔沒有老點。背住18kg我實在無力奔跑，腳也軟了，我徑步＋左右手擺動，為求加快速度行上月台，竟然在危急關頭沒有電梯，真的一句粗口，「吊！」

最趕的時候要我爬樓梯！我不停喘氣，不其然發出中文

「嘎！嘎！嘎！等…埋…！」

終於爬到去車門，外國的舊式火車門是要自己用力拉開，說真的我當時連拉門的力氣也沒有！

火車已經要開出，我不能白白看着火車走，幸好剛剛前面有一位乘客正在上車，我就用盡我最後的力氣衝上前，上車，關門。火車開了，我幾乎喘氣喘到反白眼，不停咀咒售票阿姐。

我衝了上火車後，脫剩一件吊帶衫，全身也是汗水，約1小時左右，就到了斯洛伐克的首都布拉奇斯拉瓦，這個東歐國家的中文名很拗口。斯洛伐克是用歐羅，我不用對換錢很方便，他們說斯洛伐克語。物價比奧地利平三倍，我在歐洲半年以來，第一次見巴士票是€0.35！即是…比起由屯門乘輕鐵去元朗還要便宜…其他歐洲國家一程至少也要

€ 2.20 起！在首都吃東西，只需用€ 1 已經買到一碗酸辣湯！

　　來到斯洛伐克，氣溫只有 5 度。冬天天色昏暗，也沒有藍天白雲和太陽，我只穿了一件短袖和一件外套。沒有冬天衣服，手真的不能暴露於空氣中，冷冰冰的。這個首都感覺殘殘舊舊，遊客不是太多，景點真的不夠吸引，只有數個雕像可拍，靜靜體會一下當地文化好了。先前行程那麼趕，讓我在這裡好好休息一下冥想吧。

有幾個銅像給遊客拍照

# 一六十對鐵鞋子

（匈牙利布達佩斯．31 OCT 2014．時差 -6HRS）

猶太人大屠殺紀念雕塑 •
六十對鐵鞋子

最近行程比較緊密，沒有太多景點的國家，不浪費太長時間逗留了，在斯洛伐克住了三晚，整理好遊記就出發去匈牙利。本想在十一月份遊法國南部，後來發現旅費不足夠，我改變了計劃，遊東歐比較划算！

我就在大巴士站隨便找了一間巴士公司，用了€9從斯洛伐克去鄰國的匈牙利布達佩斯。窮人之選，到達匈牙利已經夜深，身上沒有匈牙利幣，找換店又關了門，想着逃地鐵票，門口卻有人查票…找了很久才看到提款機。

第一天我去了看「六十對鐵鞋子」，先前去德國柏林，引起我對「猶太人大屠殺」和「納粹時期」的興趣，而這「六十對鐵鞋子」就是講述在二戰時期的最後幾個月（1944-1945 期間），匈牙利十字黨（一個納粹集團），迫猶太人排在多瑙河旁邊，命令他們脫掉鞋子（那個年代皮鞋是值錢的東西），鞋子有男裝女裝，小孩的也有，然後用槍掃射猶太人，把屍體一個個掉進多瑙河裡，血流成河。

多瑙河旁邊

　　「多瑙河畔之鞋」就是形容當時慘絕人寰的納粹罪行，直到 2004 年，一位匈牙利的雕塑家 Gyula Pauer 和他的朋友 Can Togay，共同創作了這「六十對鐵鞋子」放在當年猶太人被屠殺的多瑙河旁。旁邊也有人送上鮮花，有的放置油燈，縱使戰爭結束多年，但反對猶太人的分子依然存在至今。在雕塑落成後曾被人破壞，在這 20 米的小路上，有一段可怕的歷史存在，感受到當年猶太人死難者家屬的傷痛。

鞋子插上鮮花

因為我想對納粹黨有更多的了解，又走到布達佩斯的恐怖博物館（House of Terror），在二戰時是德國秘密警員總部，戰後成了匈牙利社會主義的秘密警員總部。當時匈牙利的十字黨將地下室改建成監獄用來折磨，虐待，屠殺猶太人。我先前去過柏林的「猶太人大屠殺紀念碑」和慕尼黑的「達浩集中營」，都不及這個博物館的地下室恐怖。場內不許拍照，我只用手機偷拍了地下室情況。裏面有狹窄得只能站立的監禁室，實施絞刑的處決室，和各種刑具。門口有兩塊巨大的花崗岩石板，播放着悲慘的音樂，電梯用上透明玻璃，外面是一幅幅恐怖十字箭黨的殉難者照片。大堂有一輛當時蘇聯製的坦克車，下面模仿流着柴油，後面全是「共產主義殉難者」和「十字箭黨殉難者」的照片，真的令人很心寒。

在布達佩斯不只是去看猶太人歷史，我也有看到世界奇蹟之一，地下迷宮（labyrinth of buda castle），可惜裡面漆黑一片什麼也拍不到，我就不多說了。

要我推薦的話，就是要去「賽切尼溫泉」，布達佩斯是溫泉勝地，而且價格便宜，「賽切尼溫泉」是歐洲最大溫泉之一，附有醫療按摩，室外和室內池，大大小小加起來一共有二十個水池，不少得桑拿室和蒸汽室！上一次在柏林一間旅館因為黑色男卻害我白白浪費了用桑拿室的機會，今次終於可以慢慢享受！

平日入場只是 HKD$130，可以享用所有設施，當然按摩要另外付費，還有毛巾租用，入場費已包了儲物櫃。

小趣事：在我浸溫泉的時候發現有很多奇奇怪怪的人，有一個華人拿着護照浸浴，有的拿着相機一邊游水一邊自拍（很有難度），也有見過化濃妝的女孩們在桑拿室出現！

## 小插曲轉電話號碼

在我遊到斯洛文尼亞時已經是 11 月，因為電話卡一直沒有充值，所以已經停止服務一段時間，而且卡過了期也無法再充值，即是無法用回同一個電話號碼上台，又會影響到網上銀行登入系統，發送不到「一次性有效號碼」給我。連櫃員機也封鎖我，不讓我看戶口的餘額。以上也是小事，但我找工作發電郵，也需要一個有效的電話號碼填上履歷表，於是我用 WiFi 打給爸爸說：「爸，幫我上台開一張新電話卡，隨便一個台都可以。」就這樣拜託他替我上台了，開了一個新手機號碼，踫巧有朋友到歐洲，可順路轉送一張新電話卡給我。

### 第二天

爸爸：「妹！已經幫你申請左上台！HKD$78 無限上網！咦人哋問左我好多問題…你舊電話號碼又用唔到…嗱…聽住…你新電話喺 9…」

我：「得…得…你申請左邊一個電話台？太便宜吧！」

爸爸：「中國移動！」

我：「……唔該阿爸」

何解要選中國移動嗚嗚！！收得超差的說…

# 「逃」到克羅地亞

（克羅地亞薩格勒布．8 NOV 2014．時差 -6 HRS）

不經不覺已經是 11 月，逗留歐洲的日子已經超過半年，根據 2014 年的申根公約，在申根國家逗留期限為每 6 個月內，總計可停留 90 天（指只要過去 6 個月內有出入境紀錄，再踏入申根國也計算在內）。

看來我已經屬過期居留，最後還要從法國乘飛機去倫敦轉機去北京，這兩個國家出境似乎比較嚴謹。

因此問題我煩惱了好一段日子，害怕要罰款或不可再踏入歐洲之類。幸好我有兩本護照，入境西班牙的時候用香港特區護照，而另一本 BNO 沒有在歐洲蓋過印，我發現當時克羅地亞還未加入申根國家，即是過境需要用護照蓋印，我大可用 BNO 以陸路方式進入克羅地亞，只要在克羅地亞入境時，職員在 BNO 上蓋印，然後出境時又蓋一個印，就可以當重新計算踏入歐洲申根國家的日子，待離開時用回 BNO（我十二月就離開）。自己收起香港特區護照不拿出來，出境職員只會看到我有克羅地亞的蓋印，那就不會知道我逗留過歐洲多久了。

P.S. 申根國家陸路是沒有邊境檢查站的

# 我的陸路巴士路線

**匈牙利 > 克羅地亞 > 斯洛文尼亞 > 奧地利 > 德國 > 瑞士 > 巴黎 ( 出境離開 )**

今次「逃」到克羅地亞，也有意外收獲。發現了一個十六湖國家公園，離首都薩格勒布 2.5 小時巴士車程。克羅地亞不是用歐羅，我又要去找換店換錢，身上已有很多國家的硬幣很重啊！我從匈牙利首都布達佩斯乘了 5 個小時巴士才到達。11 月是歐洲的冬令時間，下午 5 時天已全黑。所以選擇大清早的長途巴士比較好，可以早點到達，入黑後就很難找路。

我到旅館後休息了一天，第二天早上出發去十六湖國家公園，從薩格勒布去十六湖國家公園的方法就是乘巴士，巴士來回票價約 HKD$140。

公園有兩個入口，分別上湖和下湖，我在下湖下車，我用了青年證入場費約HKD$50。如果在夏天入場費會貴一倍，公園裡有很多路線選擇，上網查資料看過最長的路線要走八小時，其實公園裡有巴士和船（入場費已包），不用走路那麼辛苦呀！上湖和下湖分別有很多Ｓ形的步道，沿路沒有工作人員，不小心跌下去的話，誰也救不了呢！湖水清澈見底，但也未及德國福森小鎮的河水那麼清澈得發出綠光！冬天景色一般，湖邊的紅葉已枯，最為吸引的是Ｓ形步道。

# 穿越鹽世界的滑梯

（奧地利薩爾斯堡．18 NOV 2014．冬令時差 -7HRS）

推薦景點：
Salt Mine Berchtesgaden

　　我在奧地利邊境來來回回，又跑到薩爾茲堡（Salzburg），這個地方位於德國南部邊境，德文：Salz＝Salt，是鹽的意思，Salzburg 也稱鹽堡，大多數遊客會從德國慕尼黑乘火車過來觀光。

　　薩爾茲堡附近有三大鹽礦，分別是 Salzwelten Hallstatt，Salzwelten Altaussee 和 Salzwelten Salzburg。

　　我今次去的鹽礦並不是以上三個，而是在德國境內，一個叫 Berchtesgaden 小鎮內的 Salt Mine Berchtesgaden，附近有世界名勝國王湖。四周還被阿爾卑斯山腳包圍，水石清華，這裡的湖水比克羅地亞的十六湖清十六倍，有想喝一口的衝動！

　　今次時間倉卒，我去到「Meinnger salzburg hostel」walk in，在登記入住的時候，看到 Salt Mine Berchtesgaden 的鹽礦宣傳單張非常吸引，很想試一下那滑梯！

我問問價錢，團費要五十歐羅！全個旅程只有四小時…。

我十年也不會報團一次，考慮到最後一秒，就在出發前的一晚，我才捨得在信用卡收據上簽名…。

我有想過自己乘火車轉巴士去，火車站有售車票＋鹽礦入場的套票，算一算又發現來回車費和入場費跟團費差不多啊，反正報旅行團有專車在旅館門口接送，回來才中午 01:00，還可以有時間自己再外出逛聖誕市集。

第二天早上 08:30 出發，昨晚在廚房煮晚飯的時候，認識了一個新朋友，教我「煲香蕉」，不停跟我聊天到半夜，勉強起身眼皮非常累。早上有司機在門口接送，上車後發覺…嗯…整間旅館只有我一個報團。司機去到市中心，有一個來自哈爾濱的交流生上車，是位長得很漂亮的女生，名叫小嬌，剛好我 12 月會到哈爾濱，我跟她交換了電話。整個團只有我們兩個人，變了私人旅行團哈哈，不錯吧！

司機沿途一邊介紹風景，又帶我們上山看阿爾卑斯山脈，雲霧飄浮在半空，感覺就像置身於天堂一樣。其後去了 Berchtesgaden 的市集，我們也不想花錢，所以走了一圈便離開，最後才去鹽礦洞，短短四小時也感到很充實。

當我看到鹽礦洞門口的小火車，我心情感到非常興奮。進場時有礦工衣，大家只需把礦工衣套在外面就可以，不用脫衣服。礦工衣的作用不是保暖，是容易辨認遊客身份，我跟小嬌期待着，等待其他剛到達的外國遊客一起坐上小火車，進入鹽礦洞。

1. 鹽礦洞裡的小火車：剛開始時會派發一個語音導航機（有中文），之後坐上一架小火車進入地底（小火車是露天那一種）進入礦洞時火車速度會加快，礦洞比較窄，兩旁都是鹽岩。風迎面吹來，加上微黃燈光，有點像穿越時光隧道的感覺！

2. 鹽礦場：下車後到達一個礦場，音樂響起來迎接我們，旁邊就是最令人期待的鹽世界滑梯！木滑梯大約有兩層樓高吧，工作人員會先播放一段短片，講解坐滑梯時要注意的地方。其實很簡單，坐上去拿起雙腳就會滑下去！非常刺激啊！我衝下去時忍不住開心得大叫起來！

3. 展覽位：裡面有好幾個展覽，大概是讓大家了解鹽礦洞的起源，和介紹岩鹽的顏色。這裡生產的鹽是岩鹽，岩鹽是鹽的化石，也是最不容易受到污染的鹽，含有豐富礦物質，有些鹽有玫瑰紅、鵝毛黃等顏色。

4. 礦洞裡的小纜車：礦洞裡竟然有纜車！約四至五層高，我跟小嬌站在最前面，感覺像去了遊樂場玩。

5. 長滑梯：到了第二條長滑梯，這個應該有三層樓高吧。又到最興奮的時刻，小嬌很好，今次讓我坐前面感受一下衝下去的感覺（第一次我是坐後面）旁邊還要有音樂和燈光配合哈哈！我們身型比較小，下滑的速度剛好，外國人身型比較強壯，還要五個一起滑，速度比我們快得多，滑下來時就衝了出界哈哈！

　　坐船遊過鹽湖：經過第二條長滑梯，前面就是地底鹽湖，開始時還未有燈光，我們以為是一個大坑，當我們坐下來時，嗯怎麼木板會動呀！原來我們坐在一隻小船上，下面是鹽湖！很神奇啊！

　　這裡根本是「地礦洞樂園真實版」！遊完鹽湖後，最後一站就是展覽館，然後坐小火車回去

　　啊⋯好想再玩一次！

# 參加瑞士的婚禮

「我會去瑞士結婚呀，
　　不如你來做見證…」

可以在旅途中收到好朋友的邀請，還要在瑞士，不嫌棄我這個衣服破舊的流浪婆，我實在有點受寵若驚！看看背包…嗯，似乎我沒有什麼衣服可以參加婚禮，天氣開始轉冷。反正沒有冬天的衣服，我特意在匈牙利買了一條厚的連身裙子，又找了一條便宜的腰帶，頭髮用剪刀修剪一下，扎條辮子，登登登！

似回一個女孩子，還好像差點什麼…鞋子？剛買的雪靴也可以吧。化妝品又沒有，不如買一支眉筆，嗯？我沒有手袋！難道要拿住背包去？

看，原來一個女生裝扮起來的確要由頭到腳，女人的錢很是易賺…。

我們是在以前當舞蹈員的時候認識，數數看已經認識了差不多八年了。我常常叫她泥沙，喜歡在她前面搗蛋，看着這位好朋友嫁到外國，不禁眼泛淚光。能為她拍一個照，紀念一生人最美好的回憶，心感榮幸。外國的婚禮很簡單，不像香港的那麼隆重。我先前去德國探望師姐，師姐說她的婚禮也就是在男家附近的教堂簽紙，然後在旁邊的餐廳跟親戚們吃一頓晚飯，接着回家也只是 10 分鐘的路程。

我這次可親身感受一下外國的結婚儀式。先前兩天泥沙帶我在瑞士上山下海，還請我去吃鐵板馬肉，超好吃！我也忘記拍照啊！又去了她的家吃芝士，她又給我衣服和錢救濟我，我差點要跪地謝恩。

婚禮早上，我先去了她老公的婆婆家，婆婆對我很好，又給我早點和倒茶給我，我也不好意思不停道謝她。婆婆只懂說法文，我就不斷問婆婆這個怎唸？那個怎唸？她就慢慢讀給我聽！逗得很開心！

身穿家居服，會操法文，很懂得打扮的婆婆，端上手工精緻的杯碟給我做早點，我不禁向婆婆露出仰慕的眼光…就在這時候，婆婆突然拿出兩張二十歐羅給我，嗯？幹麼給我錢？外國人也有「利是」？？

我不敢收下，但婆婆說法文我又聽不明白為什麼她給我錢，我又胡亂想是不是她們的習俗？

再三推卻之下，我還是收起來，泥沙會說法文，等一下再問泥沙是什麼回事。

到了婚禮現場，就是看着她讀下結婚誓詞的地方，我拍下整個過程，簡單的儀式，一生的感動。結婚從來不是兒嬉的事情，對我這個思想傳統的女孩子來說，是一生的承諾，如果不是的話那結婚就沒意思。帶上結婚介指，跟滿臉幸福的新娘子來個大合照。接下來就是去參觀酒廠，我對酒的認識不多，只懂喝哈哈。休息一會就去了附近一間餐廳吃飯，因為只有我一個香港人，什麼也聽不明白，泥沙很好會翻譯給我聽。我也有問她，為什麼婆婆給我歐羅？她說婆婆知道我一個女孩子環遊世界辛苦，想給我一點錢當是支持鼓勵我的意思。這下子心感到很溫暖，世上有這麼好的婆婆會支持我流浪生活！

就是這樣簡簡單單完結了，跟香港的大型婚禮相比，新人們又要當導演又要當主角，又要忙於邀請親朋好友，佈置場地和準備小禮物，安排姊妹們玩新郎等等。外國方式的確比較輕鬆，不同國家也有不同的文化，無論用什麼方式去慶祝，相信新人們總也不會忘記這一天。

# 可愛的北京市民

（中國北京.5 DEC 2014）

「本班機會延遲起飛…」

人生第一次遇上飛機 delay，就是從法國去倫敦轉機去北京時，我用盡有 WiFi 的時間打遊記和訂旅館。大家也知道去到內地，即使破牆，不一定會連上臉書，這很不方便，什麼相片也上載不到。

我的衣服太單薄，我一到步已經冷病了。旅程一直是夏天，來到 12 月的北京，是零下兩度，大背包剛好能擋一下我背後的涼風，我病了一星期，忍不住去花錢看醫生，吃了四天藥才好一點點。

在北京我住過兩間旅館，第一間旅館比較簡陋只住了幾天。有一個來自意大利南部的女生，住在我先前去的「磨菇村」！正當我感興奮有趣的時候，她卻告訴我她住的地方很窮，政府很差，失業率高，工資也很低…等等，想來中國找工作長住下來，這個社會真是奇怪…

「裏面的人想跳出去，外面的人卻想跳進來。」

又認識到一個穆斯林朋友，帶我去穆斯林餐廳，我很怕吃羊肉，而這間穆斯林餐廳，很多東西也有羊肉的腥味，估計是用了切過羊肉的刀或器皿然後煮其他食材，整餐飯也吃不下，我也不好意思。

到第二間旅館，環境舒適很多，雖然沒有廚房，外面有粥店和幾間飯店，吃一碗小米粥只是幾塊錢。身體還未痊癒，麻辣美食碰不得，我這可憐蟲還有一個多月就回港，現在才得大病，不知道運氣是否從此終結。我的好朋友圓圓因擔心我，從香港寄來一堆冬天衣物，內有羽絨和耳罩，很窩心啊！

收到她寄來的東西，我又充滿力量了！餘下的日子我要好好繼續上路。

北京市很美，地方也很乾淨，乘地鐵的時候，大家也很會讓座。我住在北京一個月，多次看到有年輕人讓座給老人家，即使看到一些家庭主婦倆手拿着東西，他們也會讓座。

有一次我乘地鐵的時候是下班時間，當然人非常多，比香港還要多，但地鐵人流管制很好，大家也很守秩序，沒有爭先擁後。下層乘地鐵的人數太多或滿了，上層就會按次序分散人流，我等了十分鐘就可以走到下一層，下層排隊的人數不多，每行只是四至五個，所以上車時也很舒服，沒有被推撞，還有在我轉車的時候，也有留意到當地乘客的禮貌行為，每次有很多人擠在車門的時候，旁邊的人想下車會說

「不好意思，下車了」

「你下車嗎？我下車了？（意思讓一讓）」

我最深刻印象是第一天，我背住大背包，站在車門邊也有人問：「不好意思，你還有多少個車站下車？我下個站下車，跟你換一換位置，好嗎？」

我沒有說謊，這是親身經歷！跟香港的內地客差太遠了！

我也常說：「不能以別人的國家來定基準，有沒有教養是很個人的事。」

晚上我去到冷巷吃小菜，吃完就回去旅館。在深夜我突然感到不舒服，我立刻衝了去洗手間，我不是肚痾，而是天漩地轉，吐了一堆黑色嘔吐物出來！全身出冷汗，暈了在廁格內，想着叫救護車的氣力也沒有，旅館有好幾層，我就在三樓的最入面廁格，要爬去一樓找服務員不是容易，我已經奄奄一息，沒有力氣大叫，就在廁格內睡着了。睡了兩小時，我還是天漩地轉，所有景物也在轉，我慢慢爬去房間，再爬上床。第二天起床，我還在人世啊！昨晚還以為自己中毒會一睡不起，想起來應該是吃了冷巷的小菜，先前還讚好北京…！

# 有驚無險之 ¥50 滑雪團

（哈爾濱.19 DEC 2014.零下 20 度）

## 滑雪場：哈爾濱威虎山

大病已經好了一半，就乘高鐵去哈爾濱找小嬌，上一次跟她在奧地利玩了半天，我們一直保持聯絡，直到我去哈爾濱再見到她，做了好朋友。小嬌是位老師，年紀跟我差不多，我們一起玩了幾天，小嬌就要回去工作，其他時間也是我跟旅館的朋友一起玩。

12 月的哈爾濱是零下 20 多度，我穿了 3 條褲子，7 件衣服，外出時候一定要帶上圍巾，冷帽，耳罩和手套作保暖。如果去看冰雕更加要帶上面罩，冰冷的程度是連眼捷毛也結了小冰點！

在街上如果拿着飲品，特別是膠樽的，不消一會就會結冰。室外是天然的大冰箱，四周圍也是冰，一不小心會被地上的冰滑倒。有一次我兩手拿着東西，一失平衡滑到坐在冰上，幸好我穿了三條褲子，屁股還沒太痛。當地人還流行吃馬迭爾雪條，這種雪條不能用舌頭去品嚐，而是用牙咬。北方的天氣太冷了，下雪的時還會見到雪花，我是第一次見到雪花，落在我的黑色大衣上。

來哈爾濱滑雪是必做的，我去了哈爾濱的中央大街，找到一間「黑龍江樂天國」旅行社，選了附近的威虎山滑雪場，先前想着去「雪鄉」，就是「爸爸去哪兒」其中一個出名的拍攝場地，可是大多遊客回應是沒有什麼好玩。

威虎山滑雪團一日遊才￥50，是「包車包導遊包滑雪裝備」，旅行社職員把這句說話重複了三次，我半信半疑，反正只是￥50就訂了，出發前兩天，聽到旅館的朋友說：

「被騙吧！！我們報團才￥30，一樣包所有東西！」

「怎麼可能？到時候一定要你付額外的費用！你帶多一點錢去吧，至少帶五百塊錢。」

怎樣也好，我也報了名，就出發前一日導遊發了短訊給我，說清楚集合地點，時間和費用等等。

當日早上七時集合，我很早就到了，一直等導遊出現。天氣超冷，眼睫毛又結了小冰點，等到差不多時間旅遊巴士出現，沒有人對名字，也沒有導遊，我就跟大家一樣衝上車！

巴士的座位很窄還很多垃圾，等了十分鐘左右，導遊才出現，就是點名和點人數。

分別收了￥100滑雪裝備的按金，￥10儲物櫃租用和￥10的意外保險。

約一個半小時車程就到了威虎山滑雪場地，下車後導遊替我們安排滑雪裝備的按金卡和優惠午餐券，大家拿着按金卡就可以去租借滑雪裝備，自由活動直到下午二時集合。

租借滑雪用具的小屋破破舊舊，我先去櫃檯登記報上自己的鞋子尺碼，然後拿儲物櫃鎖匙，儲物櫃裏面有一對滑雪鞋，穿上才去拿滑雪板和滑雪杖，我個子比較小，抱住滑雪板，看不到前面的路，小心翼翼走出去滑雪場。

滑雪場其實很小，人不太多，我一下子衝了下去很爽！小小的滑雪場適合我這初學者。

差不多到中午，導遊給我們的午飯券可以換「三餸一飯」，我早了一點到達，人不算太多，飯菜味道也不錯啊！只給了￥50團費，竟然包午餐！

吃完飯後還很早，那我就衝回去把握時間玩，跟團友一樣摔到全身也是雪，對望大笑，痛快了一個早上。手錶已經壞了好幾個月，完全不知道集合時間，我還是立即上山退回滑雪用具的按金，快快上車集合。回程時導遊又是不見了，下車時沒有人說「已經到站了」等等，玻璃窗朦朦朧朧完全看不到外面，只是大家突然衝下車，我就跟着大家下車轉的士回旅館。整個過程也沒有收取我額外費用，真的超值！地球上最便宜的滑雪團應該是在哈爾濱了！

「三餸一飯」

哈爾濱威虎山

滑雪裝備

254

# 獨遊女生注意

## 穿著打扮

在服裝方面，個人認為顏色黑白灰不太鮮艷的衣服比較安全一點，始終粉紅等顏色太招惹色狼。最重要衣服是耐穿耐磨，可洗滌多次，運動質料就最適合，我當時沒有帶運動 T-shirt，結果普通 T-shirt 洗了兩個月已經走樣（領口會愈洗愈濶，很容易走光）。因為還有十個月路程，結果在巴西買了一件印有"RIO"字樣的背心（RIO＝里約熱內盧），不到半年又洗到"RIO"字樣也消失…。還有一件 T-shirt 也破洞補了兩次。

## 內衣

內衣方面，在路途上也只是穿 Sport Bra 和一種有 pad 的普通內衣，因為住 hostel 大多是男女混合房，要想到每天洗完內衣後，在房內晾乾的問題，晾 Sport Bra 沒有 Bra 那麼尷尬。小褲褲也盡量不要太花巧，免引來色狼。事實我也很少見到外國人在房內晾內衣，他們多是儲起一袋，選用自助洗衣服務，但一次費用也不便宜，約六至八歐羅，每天洗內衣和在房裏晾內衣這習慣多是亞洲人。

## 經期

女生可能每月也有經期的煩惱，我在香港生活的確每次月經痛得呼天叫地，但出走那段日子基本上沒有經痛，我也不知何解，可能心境問題吧。至於衛生巾方便，這個不用特別帶一整年的份量去，去到當地一定會有，不用擔心，始終是每個女性的必需品，見識過全世界的衛生巾後，發覺香港牌子是最好用。

## 飲酒

在外國社交禮儀中一定會喝酒，要避免一口氣喝完，因為外國朋友還會不停地加酒。在酒吧地方也應杯不離手，拿住自己的酒杯，以防被人下藥吧。

## 男女混合房

外國男女混合房（Mix Dorm）有很多也安全的，這一年的旅行上也沒遇過同房有性騷擾或有小偷的問題。也可選擇女生房或一人房，但價錢比較貴。

# 防小偷裝備

我在這一年的旅途中，我並沒有被偷東西

## 1. 準備好簡單的地圖資料

長途旅途中，我很喜歡自己手畫地圖裝個探險家，如無必要也不會用 GPS 和帶旅遊書，親手繪畫地圖更會容易記着目的地位置。手機的 GPS 功能耗用電量比較大，而且在落後的國家，在街上拿着手機怕會被人偷去。旅遊書比較重，我大多時候會把地址寫在白紙上或打印出來，每次外出只拿着當天的行程。一張簡單的白紙已足夠，不用在路中間把書或地圖翻來翻去，每次出門時會記住路線，減低被小偷當成「遊客」的目標。

## 2. 少量零錢，不要名牌銀包

旅行時可用普通的小袋子或舊銀包來裝零錢，最好分開擺放，有時候會把一至兩張紙幣夾在手機殼裏面。通常剛到步沒有零錢在身，我會在機場把面額大的紙幣先換成零錢，每次上車購票前會在網上先查一下票價，把預算好的零錢放好在口袋裏。銀包和信用卡收好在背包或斜肩袋，意大利南部和巴黎有很多小偷，喜歡在地鐵站購票機前等遊客買票，在遊客拿出銀包數零錢時搶去，所以把預算好的零錢，放好在口袋裏的話比較安全。如果時間充足，建議在票務中心排隊購票，有時候購票機只有當地語言，不一定是用英文，有些乞丐會特意教你買車票，當然最後會問你討錢。

## 3. 多口袋的褲，掛頸電話繩，薄外套

褲袋比起背包較貼身，即使小偷想從你的口袋中偷東西，也很快察覺到，褲袋最好有拉鏈。

用掛頸電話繩或把手機放在小包包裏，外面再穿上一件外套，這樣最安全做法，不必要的東西收好。

外出不用帶太多，手上一張地圖資料，一支筆，少量零錢其實也足夠。

## 4. 密碼鎖

我外出的小背包一定會加上一個小型的密碼鎖，試過在乘電梯時，有小偷想打開我背包，幸好我加了密碼鎖，雖然每一次開背包不太方便，總比給人偷東西好。有人在身後面可不時回頭望，乘地鐵時盡量站在玻璃或門的位置，用身體壓住背包，有座位就坐下來。

## 5. 護照留在旅館

很多人會把護照跟身，我卻會把護照留在旅館的行李箱或背包。聽過很多背包客在街上被偷去護照的經驗，如果不必要的話，可放在行李箱用衣服包裹，然後在行李箱加上密碼鎖。如果真的不幸在旅館被偷，至少也有閉路電視或可向職員求助。

# 感謝物資贊助的朋友

### ViVi

給我兩支南美國家專用的蚊怕水，很有效呢！

### Crystal 媽媽

出發前邀請我到她的家吃晚飯，還給我一件背包客專用的大雨衣。

### Helen

她給我的急救藥包超實用！還有可愛的公主膠布！

### 阿 Ca 和阿奶

很高興出發前可以一起吃飯！還送我一對防水鞋。

### Estella

很羨慕這個當導遊的姐姐，當時送了一個平安符給我。

### Ling

替我保管我的秘密資料，在旅途上有需要時發給我。

### Wendy

她陪我這個白癡去買機票，當時第一次買這麼貴的機票，因怕被騙所以她陪伴着我。

### Jessica

很感激她給我一台相機！令我在旅途中留下回憶。

### Stanley and Cindy

給我肌肉酸痛藥貼和藥水瓶，長途旅行也很實用。

**泥沙**

她就是書中提及到嫁到瑞士的朋友，她在我旅途中給我的物資也很多。

**瑞士的婆婆**

書中提及到的婆婆給我現金支援，令我感動不已。

**圓圓**

出發前給我防水袋和防盜響鈴，旅途中又寄羽絨給我，救了我一命！

**Ronnie**

替我找到一個賣保險的朋友，令我可以在短時間內買到保險順利出發。

**Kathy and Ruby**

感謝她們給我的睡袋，全個旅程也是靠這個睡袋露宿。

**Emma**

她經常買小吃給我，還出發前替我找旅行用的小衣架和皂盒。

**Yuki**

她給我一把剪髮刀，在旅途中我常常用來修剪頭髮。

**雲經理和大佬 Joe**

經常關心我的兩位上司，看着我由零開始至完成旅程安全回港。

**Polin**

出發前送我一個太陽能旅行電筒。

**洋洋同學**

給我一個防狼器，當去到危險的國家時，我會把防狼器掛在身上。

**羅同學**

她就是書中提及到的羅同學，在旅途中替我解決銀行卡的問題，令我整個旅程可以順利進行。

**小萍萍**

跟她在一起就會感到快樂，永遠給我支持，不開心的時候我會找她傾訴。

**Ivy**

美容院的老闆，給我防曬用品，和紙底褲一大袋。

**Fion**

出發前給我一把瑞士萬用刀。

**肥寶同學**

給我很多旅行的藥，感冒藥頭痛藥等等，令我省下不少買藥的錢。

# 回港後 · 致有夢想的朋友

很多人會問，回來後過着同樣的生活，那有什麼意思？那你又覺得，人生怎樣才有意思？

在環球旅途中我找到了自己將來的工作，走過世界各地的酒店旅館，令我產生對款待業的興趣。而且在酒店工作可以接觸到不同國家的客人，回港後我更去進修酒店管理課程，過着半工讀的生活，這個也是當中最大的得着。

我幸運地帶着呼吸回來，生命是寶貴，健康得來不易，多少人可以擁有健康的身體去環遊世界。想起自己在烏拉圭差點被車撞倒，在秘魯患上高山症生不如死，經歷過流浪風雨後，歸於平淡，更明白平淡是福的道理。完成環球之旅到現在已經兩年多了，無論熱水浴，溫暖的大衣，白米飯，剪頭髮等，這些基本生活的東西也令我回想起一幕幕環球之旅時的情景，不斷回憶感恩。

我不再像以前一樣，想將來住豪華大屋，過奢華生活，不再想有名牌手袋，名牌衣服，原來這些慾望是會無窮無盡，永無止境。其實生活幸福是來自基本需要，不是榮華富貴。我像個旅行探險家帶着寶藏歸來，寶藏就是一個個美麗的旅行回憶，比起物質上的東西更長久。

「旅行就是花錢」

這個問題是可以控制到的，我當背包客花的錢，可能比在香港花的更少，在歐洲平均一個月的生活費用大約是港幣八千元，已包了交通費，住宿費，旅行觀光，食物，買生活日用品的費用。

旅行可以真正體驗當地的文化，Facebook 上的一張相片或旅遊書裏的傳媒報導，可能跟現實的相反。

所謂危險的地方，其實只不過是整個國家版圖上的其中一小點。

今次外出挑戰，令我人生多一個難忘經歷，小女子有幸來到這世界，我就要活得漂漂亮亮。

假如我的人生能活到一百歲，我會分為一百個盒子，我希望每一個盒子也記載着我人生中的美好時光，每一年也要活得充實，有意義。

實現夢想，不只是個人的經歷，正面的態度還可以感染身邊的每一個人，將夢想傳遞下去。

# 2015-2017 其他國家遊踪：
# 越南、瑞士、以色列、約旦

　　回港後到現在，也有短期到過日本、台灣、越南、英國、以色列、約旦，也有重遊西班牙和瑞士，當中更有去倫敦探望小嬌（她去了倫敦當老師）。

　　我也可推薦一下我最喜歡的越南、瑞士、以色列和約旦的景點給大家。

2016 年的我

## 越南古芝地道

　　我在胡志明市的青年旅館參加了一個半天團去「古芝地道」，只是 HKD$60，包了入場費和來回接送，導遊全程也在說笑話，「No Money，No Honey」。

2016 年的阿寶

## 瑞士因特肯拉

　　因特肯拉我去了兩次，山上風景實在太美了！簡直是天堂！

Eismeer 車站外觀

少女峰上的觀景台

格林德瓦 (Grindelwald) 滑雪場

因特肯拉的小鎮

圖美巴哈瀑布內

有彩虹啊！

很有飄零燕的感覺

周圍也是瀑布

我最喜歡是圖美巴哈瀑布（Trummelbach Falls）和少女峰（Jungfraujoch）。勞特布魯嫩（Lauterbrunnen）是著名的瀑布小鎮，一共有 70 多個瀑布，而圖美巴哈瀑布門票大約是 CHF11（只收現金），這個瀑布是處於山裏面，入場後有纜車上去山洞上面，山洞的溫度比較低，會容易濕身，所以一定要穿上外套，開放時間是 4 月至 11 月。

小寶和牠的朋友

### 約旦以色列之旅

2017 年 3 月我從倫敦去杜拜轉機到約旦，也有到過以色列耶路撒冷。

約旦以色列比較冷門，但卻吸引了很多背包客去探險，在此分享一下我的路線。

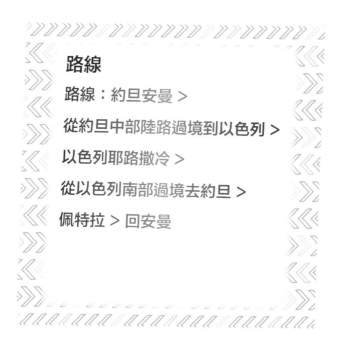

**路線**

路線：約旦安曼 >

從約旦中部陸路過境到以色列 >

以色列耶路撒冷 >

從以色列南部過境去約旦 >

佩特拉 > 回安曼

## 從約旦中部陸路過境到以色列過程

我在約旦中部的 King Hussien Bridge 關口離境，然後在以色列 Allenby Bridge 入境，聽聞這個關口人比較多，過境時職員會問一堆問題，所以我也有心理準備。

可從安曼當地的 Abdlie station 乘 Jett Bus 去關口，班次只有早上七時正一班，錯過了可去 Tabarbour bus station 乘小巴，但不太建議，因要等車滿座才會開車，可能要等上兩小時。

Jett Bus 售票處

Jett Bus Abdlie station

Jett Bus Ticket

兩個白色小窗口

Jett Bus 約 1 小時後會到達約旦中部關口 King Hussien Bridge，下車時只有我和兩名日本背包情侶和一個外國人。

268

關口非常簡陋，外面有幾輛旅遊巴停泊，有一個小小門口，上面有牌寫着「Arrive」，如果是離境，要找「Departure」的門口，離境的門口在另外一面，我跟着外國人走了 40 米左右，周邊沒有指示牌，兜了一個圈就會見到幾個白色小窗口寫着「Passport Drop Off」和「Passport Pick Up」。

### 1.「Passport Drop Off」

　　檯面有一些白色紙，需要寫上姓名、國籍、護照號碼，把護照交給職員

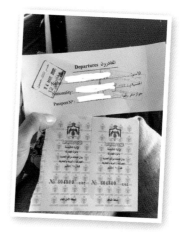

### 2.「Passport Pick Up」

　　然後就到旁邊這個窗口交離境稅 10JOD，職員不會立即交回護照給你，坐一下來等等吧。

　　大概等了 15 分鐘，有一個老伯拿着幾本護照出來，等大家認領，裏面有夾着剛剛填寫的白色紙條（上有離境印）和一張拉丁文紙。

　　我跟大家走出去關口，上了一架 10 人車，司機送我們到閘門（大約 5 分鐘），中途職員會收回白色紙條，和撕去一張拉丁文紙。

去到以色列關口（Allenby Bridge）大概 5 至 10 分鐘，然後大家下車入境以色列，以色列關口外牆比較乾淨，今次從「Arrive」的門口進去，會見到行李的輸送帶，旁邊就有一個小窗，排隊等候過關。

現在以色列過關會有一張藍色的條碼紙（QR Code）給你，上面印有自己護照的頭像，不會在護照上蓋印（如果護照上蓋了以色列國家的入境印，就去不了某些阿拉伯國家）。藍色的條碼紙要收好，因為離境時需要收回，這樣就完成過關手續，外面有巴士可以到達耶路撒冷。

# 從以色列南部 Eilat 過關到約旦 Aqaba

　　從南部過境比較容易，耶路撒冷的新城區有巴士可直達以色列南部 Eilat 關口，五小時左右車程。

　　過關手續簡單，先付離境稅 120ILS（可用信用卡），把護照和收據交給職員就可以，走過對面就是約旦邊境，5 分鐘路程。

以色列巴士站

以色列關口

約旦邊境

約旦邊境門口

　　到了約旦，只需要跟住窗口的號碼，辦入境手續，過程 10 分鐘左右，這時候很多人會找同伴一起乘計程車去 Aqaba，因約旦關口沒有巴士，司機也會殺價。

## 約旦佩特拉風景

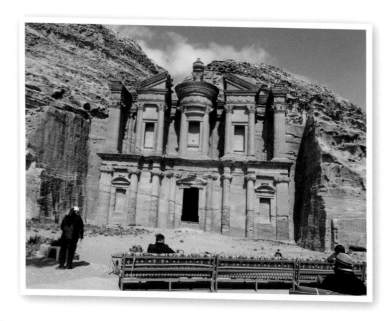

以色列耶路撒冷

# 小女孩窮遊世界

作　　　者　：　Nicole Tam
編　　　輯　：　Cherry
封 面 設 計　：　Steve
排　　　版　：　Leona
出　　　版　：　博學出版社
地　　　址　：　香港香港中環德輔道中 107-111 號
　　　　　　　　余崇本行 12 樓 1203 室
出 版 直 線　：　(852) 8114 3294
電　　　話　：　(852) 8114 3292
傳　　　真　：　(852) 3012 1586
網　　　址　：　www.globalcpc.com
電　　　郵　：　info@globalcpc.com
網 上 書 店　：　http://www.hkonline2000.com
發　　　行　：　聯合書刊物流有限公司
印　　　刷　：　博學國際
國 際 書 號　：　978-988-14865-9-2
出 版 日 期　：　2017 年 10 月
定　　　價　：　港幣 $78

f　facebook.com/globalcpc